誰にも奪われたくない／凸撃

児玉雨子

河出書房新社

誰にも奪われたくない／凸撃

目次

誰にも奪われたくない

リップクリームがない。ダウンコートのポケットに入れっぱなしにしているやつがない。今日は荷物を最小限にしていたので、ポーチにスペアもなかった。二駅分揺られながら逡巡したものの、一旦電車を降り、改札内のニューデイズで一本四七八円、税込五二五円の、自然由来成分で肌に優しいと謳う限定色の商品を買った。それしかなかった。改札を出てドラッグストアまで行けば、ただ乾燥を潤すためだけのシンプルなものがもっと安く買えるけれど、今すぐに手に入れば別に何でもよかった。数時間前まで食道が痛くなるほど冷えたジンジャーエールを途切れることなく飲んでいたのに、喉が渇いていた。そのまま駅ナカのカフェに入り、アイスティーを購入して近くのカウンター席についた。袋から買ったばかりのリップクリームを取り出し、iPhoneSE2のセルフィーカメラを手鏡代わりにして唇に塗った。真っ平だったリップクリームの表面に茶色いさざなみが生まれた。土のような色だが唇にのせれば肌に馴染んで、不思議と顔全体の血色がよく見えた。今度こそ最後までちゃんと使い切ろう、とどうせ破る誓いを立てて、ダウンコートの左ポケットにリップクリームをしまった。

iPhoneSE2の画面に、メッセージの通知が息継ぎする間もなく重なってゆく。女性アイドルグループ「シグナルΣ《シグマ》」やその姉妹グループのコンペに採用された職業作曲家たちのグループトークルームだった。二十、二十五、三十、三十三、三十九と新着メッセージ数が膨れ上がる。バイブレーションやホーム画面の通知を切っているから、いつも気づいた頃にはこんなふうに言葉が積もっている。遡ってみると、冒頭は今日の新年会で撮った集合写真や、新たにグループに入った面々の挨拶文だったが、次第にベテランや人気作曲家たちの、その場に居合わせた者にしかわからない話の続きや符牒が折り重なっていった。その多くがひと言ずつの返信なので、メッセージがすかすかのジェンガみたいに倒れそうなバランスのまま堆《うずたか》く伸びてゆく。眺めているだけでも呼吸が浅くなってくるので、ありがとうございました、とお辞儀する美少女アニメキャラクターのスタンプを送って、グループの通知をすべて切った。立食形式でくたびれた足首をぐるぐると回したり、靴の中で足の指を開いたり閉じたりしたり、脚を組んで、上にのせたほうのふくらはぎを指圧していると、さっきよりゆっくりと画面が灯り、メッセージ通知が表示される。

【佐久村真子《さくむらまこ》です。今日は園田《そのだ》さんにお会いできてうれしかったです（瞳を潤ませた顔の絵文字）（キラキラの絵文字）ほんとうに、ほんとうに「ジルふく」が今でもいちばん好きです！　あれでΣは跳ねたようなものですし、わたしが初めて最前列になれた、すごく思い入れのある曲でもあって……！　最高の曲を作ってくださってほんとうにありがとうございます（滝のように涙を流す顔の絵文字）（滝のように涙を流す顔の絵文字）（滝のように涙を流す顔の絵文字）また素敵な曲をお願いします（土下座する女性の絵文字）】

真子ちゃんは新年会で挨拶したアイドルだった。比較的前列に来るような花形メンバーだということは、ついさっき知った。成人したメンバーは、こういった会に数人程度だが来ることもある。マネージャーらしきひとに連れられてきた彼女は、名札を覗き込んで、するするとわたしの手を握った。白く薄い皮膚で覆われていて、ささいな衝撃であっけなく潰れてしまいそうな小さく細い指の先に、桜貝みたいな爪が一枚一枚ていねいに貼られていた。わたしの厚く硬くなった左指が彼女の掌に傷をつけているようで居心地悪くしていると、それを察知したのか彼女は即座に両手を放した。ごめんなさい癖なんです、と彼女は謝った。なんかもう、とりあえず、どんな相手でもまずは握手する癖がついちゃって。

会場でも彼女は、わたしが作曲した「ジルコニアの制服」がいちばん好きだ、と興奮気味に繰り返していた。緊張で途切れ途切れにしか単語が出てこないわたしへの気遣いなのか、彼女はしっかり緩急をつけながら質問や相槌を打つ。作曲ってどうやってるんですか？　ほら、なんか、メロディが浮かぶって言うじゃないですか……や、ないない、そんな経験ないですよ。じゃあ、いつからこういう、楽曲提供？　ってされているんですか？　えっ高校？　すごい。天才。いやほんとに天才すぎますって。いやわたしなんて気づいたら事務所入れられていて〜あれれ〜って感じなんで。園田さん名義でも出されてるんですか？　聴きます聴きます！　絶対聴きますね！　彼女に合わせて、訊かれたことをアンケートのように答えてゆけば、自然と強度のある会話が成立していた。アイドルと作曲家が連絡先を交換するのは基本的にあまりないことだけれど、連絡先交換しますね？　と彼女が確認をとると、マネージャーはふにゃふにゃと口許だけで何か小言を呟いていた。同性相手だと、よいともよくないとも言えなかったのだろう。真子ちゃんはマネージャーに背を向けて、わたしとＩＤを交換した。

【こちらこそ、今日はありがとうございます！　いやいや、わたしもお会いできてうれしかったです。緊張のあまり、さっきまで夢を見てたんじゃないかな〜って思ってたのに、ほんとにご本人から連絡きた……（照れたように頬を染めた顔の絵文字）笑。「ジルふく」はプロデューサー様の詞のおかげです。わたしはへぼへぼデモを送りつけただけ笑笑。毎日お忙しいと思いますが、インフル流行ってるし、体調にはお気をつけくださ い】

送ると同時に既読がついた。どこかにいる彼女が、リアルタイムでわたしの文面を読んだという事実がキンとしみる。ストローに口をつけると同時に、真子ちゃんから返信が届く。息継ぎする間もなく。

【夢って！笑　わたしだって緊張しましたよ〜〜（瞳を潤ませた顔の絵文字）】【園田さんもお風邪ひかないようにしてくださいね。また絶対絶対会いましょう（炎の絵文字）（キラキラの絵文字）（キラキラの絵文字）】

店内にうっすらと響く、題名を知らないボサノバの名曲や、エスプレッソマシンのいななき、扉の向こうから聞こえてくる改札の音。数人の男の笑い声。たくさんの雑音にかき消されながらも、わたしのお腹が鳴っていた。せっかく大きなホテルのビュッフェだったのにほとんど口にできなかったし、ちょこちょこ齧《かじ》ったものもいったいどんな形で、どんな風味だったかひとつも思い出せない。おいしい、と感じるものは、きっと多くの工程を踏まえて作られていて、取って替えることのできない情報が詰まっている。その情報をわたしの口は受け止められず、おいしい、とか、すごい、とか、感想の抜け殻しか記憶に残らなかった。この店の食事のラストオーダー時間は過ぎていたので、家に何があったか記憶を巡らし、最寄りのコンビニで適当なパンかスープを買おうと決める。コンビニ食は、細かい工程まで味わいきらなくてはならない、という義務感がなくていい。おいしい、だけでそれ以上に特別な感動を受けなくても、誰からも何も訝《いぶか》しがられない。

SNSではすでに何人かの作曲家や編曲家たちが新年会について呟いていた。名前も顔もわからない作曲家が書いた「日本の音楽界が凝縮してる！　って感じました（笑）」という文章にいたたまれなさを抱いた。こんな投稿にもシグナルΣのファンらしき人たちからいいねやリプライが集まっている。さすがにアイドル本人たちの顔は映っていなかったが、成人メンバーの何人かが来たということを示唆する投稿もあったので、ファンの間では誰が参加していたのか、気楽な推察と特定が始まっていた。もう一度、真子ちゃんとのトークルームを開いて眺める。自分の書き言葉と話し言葉のテンポの違いに、真子ちゃんは戸惑わなかっただろうか。真子ちゃんのメッセージは、ひと言ひと言、絵文字も含めて、すべらかに彼女の声で再生ができた。どんな声色やテンポで彼女に語りかければ、自然な、あるべき会話になるのだろう。残りのアイスティーを飲み干す。冷たさで舌が麻痺して、味も質感も何も感じない。

在宅勤務といっても、実際は担当エリアや顧客情報の質問の電話が一日のうちに鳴るか鳴らないかという程度だった。唐突に休日とも呼べない平たい日々を手渡されて、部屋の座椅子か、オフィス用チェアにもたれて、ＭＩＤＩ鍵盤を眺めたり和音を押さえたりしながら、メロディを絞り出すばかりだった。ほとんどは曲を作っている、というより、音を配置している、といったほうが適切だ。サンプル音源やソフトシンセサイザーをいじくりまわしたり、流行の進行を使ってみたり、指先を動かしているだけだ。すべてが作業めいてくる。資産形成相談に来た個人顧客から、世界経済や政治的思想やワクチン陰謀論を聞かされている間は一刻も早く帰宅して曲を書きたいと疼《うず》いているのに、いざこうして腐るほど時間を与えられると、残滓《ざんし》みたいなメロディしかひねり出せない。ボイスレコーダーに吹き込んでいたフレーズを打ち込んでみるが、ノコギリ波《は》の音に変換すると、メロディは信号の配列になり、どこかで聴いたことのあるその配列がモニタースピーカーから滲み出した。

いくつかの都市でライブハウスクラスターが続出し、集客ライブができなくなったので、それまであまり更新していなかったYouTubeで何度かピアノやアコースティックギターの弾き語り配信をしてみた。しかしすでに名前のあるアイドルや俳優たちがいっせいに動画配信を始めてしまったので、なけなしの視聴者すらそちらに流れてしまった。十年前にメジャーデビューした時から契約を切られた後も、どんな小さなライブハウスにも駆けつけてくる数人のおじさんと、二年前の「ジルコニアの制服」の作曲でわたしを知ったシグナルΣファンがぽつぽつとコメントと投げ銭を残すだけで、そこからの拡散がなかった。シグナルΣに採用されたのもその一曲だけで、そろそろ新曲が採用されないと、来年の新年会には呼ばれなくなりそうだった。そもそも開催されるのかはわからないけれど。

十三時を過ぎた。チェアにもたれると強い磁石で引っ張られているようにまぶたが落ちてくる。眠気に耐えられず、上司の三浦さんからの電話に気づかなかったら、次の出勤日に遠回しで圧迫感のあるなじりに耐えなくてはならなくなる。どちらにしろ、わたしはいつも、この身に降りかかる何かを耐え抜かなければならなかった。立ち上がって顔を洗い、それでも眠気がのし掛かってくるので、五〇〇ミリリットル水筒に水出しルイボスティーを注ぎ、着替えてマスクをつけ、小さい斜め掛けのバッグにiPhoneSE2と水筒とAirPods Proを入れ、マンションの階段を降りる。

自宅から歩いて五分ほどの公園では、未就学児たちが駆け回り、母親たちは彼らを見守っている。男の子が唇を尖らせて、タンポポの綿毛をふうっと吹き散らしては、奇声を上げる。小学生のときに入っていた吹奏楽部のサックス担当をしていた男子が、しょっちゅうリードミスをして、キュッピーキュッピー鳴らしていたことを思い出した。彼はたしか稲垣くんといった。中学に上がるとサックスはやめてしまい、ラグビー部に入り、一つ上のやばい先輩を殴ってちょっとした騒ぎになっていたけれど、その後の行方は知らない。知らないままでも、わたしは学生時代をなんとか通過できて、現にここにいる。

とろとろした風に綿毛が舞っている。食べちゃだめだからねーと、彼の母親らしき女性が遠くから注意している。砂場のそばにあるベンチに座って、水筒のルイボスティーを飲むためマスクを外した。せっかく冬に色つきの高いリップクリームを買ったのに、マスクで保湿できてしまうので、あんまり塗る機会がないうちに日に日に薄着になってゆく。家にはそれ以前から使い切れないままのものがあと二本、色のない小さなヴァセリンがひとつ、虫の死骸のように湧いて出てきた。それらの底はまだまだ見えない。もったいないから、とほとんど乾いていない唇にリップクリームを塗った。もったいないから使うのか、使わないのか、よくわからなかった。

AirPods Pro を耳に押し込んで音楽を流そうとすると、林からの着信で iPhoneSE2 が震えた。右のイヤフォンの感圧センサーを摘んで電話を取った。

「あれ、立野いま外？」

自分のほかに何も存在していないような、張り詰めた無音の底から林はよく電話をかけてくる。外にいると答えると、林は自分から訊いたのに相槌もなく業務連絡を吹き込めるだけ吹き込んできた。それも、この顧客は誰が担当かとか、誰々のアドレスを送ってくれだとか、部長の机に新興宗教のパンフレットが置かれていたのを見てしまって怖いだとか、ほんとうに大したことのない話だ。今月の緊急事態宣言が出てから、上司からも、林からも、電話がやたらと増えた。さっきメールをしたという報告すらしてきた。すべての話題に手短に返す。すると、林は「なんか怒ってる？」と訊いてくる。怒ってない。嘘、絶対イライラしてるだろ。てか、なんで外にいんの？　サボってんの？　コンビニに行ってた。いや子どもの声がするし。コンビニに行って、その帰りに公園のベンチで休憩してる。いいなー、休みてえ。知らないし。ほら、やっぱり怒ってる。怒らせたいんじゃないの？　いやいや、怖い怖い。てか再来週のFP試験中止になったの知ってる？　まじか。まじ、てか、お前まだ二級持ってないだろ。うん。さすがにもうそろそろ取っとけよ。なんで知ってるの。何を？　二級持ってないの。支店長に言われてんの見た。あぁ。なんで取んねえの。やろうとは思ってるんだけど。ガチれば三ヶ月もいらないから。わかったって。お前さすがに営業は二級ぐらいないとやばいよ、まじで最低限、ってやつだから。……。何何何、なんか俺が悪いみたいなテンション。何が？　やっぱ怒ってるだろ？

もしわたしが怒っていたとして、林はわたしの怒りの根源そのものではないだろうと思う。根源のひ孫、くらいの関係。林は、とにかくひと言でも多く、ひと時でも長く、なるべく隙間なく、他者に対して言葉を投げ続けていたいように聞こえた。ある程度それに満足すると、林から電話を切る。今日もそうだった。通話が終わると、肩が軽く、視界も拓《ひら》けてくるようだった。向こうの砂場にしゃがんだ男児がこちらを窺《うかが》っていることに気づいた。AirPods Proで通話していたので、わたしが虚空に向かって話しているように見えたのかもしれない。

連絡は真子ちゃんのほうから来た。本部や支店からも飲み会や外出の自粛令は出ていたが、個々が退勤した後の生活までは深く言及されなかったので、少人数での食事は当たり前に継続していた。真子ちゃんも、そんな号令など所属事務所から出されておらず、そもそもそんな雰囲気など存在しないといったように、てきぱきと店を予約してくれた。わたしは指示された場所に、乗り換え検索の言う通りに電車に乗り込み、GPSが示す方向に歩き進んだ。

シグナルΣの次のシングルコンペにわたしが書いた曲が再び通っていた。詞はプロデューサーがすでに書き直していて、レコーディングも再来週から始まって、予定通りにすべてが進めば九月頃にリリース予定らしい。真子ちゃんはお祝いがしたいと、ソファ席のある店をランチ予約してくれていた。集合場所の店の前はちょっとした交差点だった。街にひとがあまり出てきていないことなどの要因は関係なく、真子ちゃんは顔が小さかったので、待ち合わせでは、薄いグレーのウレタンマスクをしていてもあらゆる他者との見分けが簡単についた。コンペに通ったという事実以外、あまりにもわたしが何も知らないことに真子ちゃんは驚いていた。ディレクションや編曲までできるひとなら今頃多くのものに追われるような日々だったかもしれないけれど、アレンジまでするほどの実績もノウハウもわたしにはなかった。

ランチガレットセットBとCを注文したあと、もしよかったら仮歌聴きますか？　と真子ちゃんはiPhoneを取り出した。バージョンはわからない。ラメを混ぜて固めたクリアケースは、端末そのものよりも重たそうだった。

「わたし、まだケーブルのあるイヤフォン使ってんですよ。やばくないですか？」

もうジャック穴のある再生端末を探すほうが難しいはずだと驚いていたけれど、真子ちゃんの言う「ケーブル」というのは、ジャックにプラグを挿すものではなく、左右のイヤフォンが有線で繫がっているBluetoothタイプのものらしい。たまにノイズが入るくらい古いものなんでごめんなさい、と言いながら、膝に乗せた白い斜め掛けバッグから、二年ほど使っているというその左右一体型のミントグリーンのイヤフォンを、わたしに差し出した。

ジャケット画像のない楽曲データが画面に表示される。タイトルは未定らしく「表題曲」と登録されていた。シグナルΣでは、タイトルが決まらないまま制作が進んだり、MV撮影が終わったあとに詞が修正されることすらあるらしい。自分で作詞するときはタイトルから考えていたので、迷惑そうに話す真子ちゃんを前にして、そんなふうにものが書けるひともいるのかと素朴な衝撃しか受けなかった。再生を表す三角形アイコンを真子ちゃんが細薄い指でタップすると、わたしが提出したときよりも多くの音が上に乗せられたイントロが流れる。きっとこれすらラフアレンジなんだろうけど、このままリリースされてもいいくらいに音が整頓されていた。シグナルΣの楽曲はユニゾンが多用されているので、たったひとりで歌っている仮歌の女性ボーカルが、どこか寄る辺《よるべ》なく感じた。音程は正確すぎるほど取れているし、声質もわたしと違って太く力強かったのに。もっと驚いたのはサビだった。階段を一段飛ばしで上るように書いたメロディに対し、コードはルート音が下がってゆくクリシェに変更されていた。うわぁすごい、と呟くと、真子ちゃんは、作ったのはレイカさんじゃないですか、と不思議そうに返した。ああ、うん、そうなんだけどね……と言葉を探していると、目が回っているときの感覚が襲ってきた。

説明は、他人が知らない言葉を呪文にして威圧している気分になるから、なるべく生活する中で避けて通りたい。説明している最中はどこか気持ちいい。けれど数時間後や、寝る前や、数日後スーパーで買うべきものをカゴに入れてレジ列に並んでいるときや、通勤電車内、そういった瞬間、発作のように羞恥を催して、謝罪を吐き出したくなる。誰でもいいし、許してくれなくてもいいから、とにかく激しく強く気の済むまですぐに謝りたくて苦しくなる。ここ最近はとみにそれが増えた。仕事で後方事務から営業に異動になり、商品や仕組みを説明しなくてはならなくなったからかもしれない。世界が納得のいく説明を求めているように感じる。何も説明しないで伝えるにはどうすればいいだろう。押し黙ってしまって、それにまた慌てていると、真子ちゃんは「それって AirPods ですか?」と、わたしのファスナーの空いたままの斜め掛けバッグの中を覗き込みながら、かろやかに話題を変えた。

「あ、うん、そうだよ」わたしは AirPods Pro をケースから取り出して見せると「え!」

と更に前のめりになりながら顔を上げた。狭い顔面には、綿密にアイシャドウを塗った深い二重まぶたと、まつげが上下にしっかりと生えている大きな目がふたつも押し込まれていて、たくさんの情報が散らからずにしっかり並んでいた。

「そんな形あるんですか⁉　新しいのですか？」

「新しいかはわかんないけど、AirPods Pro っていう、ちょっとだけ高いやつ」

「えー、いいなあ、AirPods Pro。あの、普通の AirPods って、プニプニがないじゃないですか。わたし、耳小さくて、プニプニが取り替えられないものは落ちちゃいそうだなーって思っちゃって買えなかったんですよー」

「すごくわかる。わたしもそう、だし、これノイズキャンセリングと外の音も取り込むモードの切り替えがあるから、ほんと、いいよ」

「ほんとですか？　さすがにもうそろそろ買い換えたいなって思ってたんですけど、どれがいいか全然わかんなくて。機械ダメなんですわたし。真剣にそれにしようかな」

店員がランチセットのミネストローネを運んでくると、こちらに乗り出していた真子ちゃんの頭がくっと離れた。真子ちゃんが真子ちゃんだと店員に気づかれないか心配したが、店員がわたしたちに向ける視線は接客という行為で塗りつぶされていて、微笑んで会釈すると足早にキッチンへと戻り、間を空《あ》けずにランチガレットBとCをサーブしてきた。真子ちゃんがテーブルに並べられたそれらをiPhoneで撮影し始めたので、わたしはその間にトイレに立った。

席に戻ると、真子ちゃんがさっき撮影した写真をわたしにすでに送ってくれていた。ガレットの中に折りたたまれた半熟卵にナイフを落とすと、裂けた薄膜から黄身が溢れて、ガレット生地に流れ、ハムやトマトを飲み込みながら、皿の底を黄色く染めた。ガレットは一見すると平面的なビジュアルだったけど、包まれた具の種類や量、粗挽きコショウや乾燥バジルの香りが、胃の中で膨らんで質量を持ち始めて、自覚しないうちに満腹になっていた。真子ちゃんも、子どものように小さな顎でせわしなく、切り分けたそば粉の生地やチーズを伸ばし、口へ運び、咀嚼《そしやく》し、飲み込み、生地を切り分けて、チーズを伸ばし、口へ押し込む。真子ちゃんの食事はわたしのそれよりも手順が多いように感じる。さらに彼女は、合間に会話も挟み込んでくる。最近なんかメンバーのグループLINEが重たいんです。正直、なんでみんなそんなにひとりじゃいられないんだろうって、ちょっとわかんないんです。もちろん仕事が減るとか、お金とか、これからどうなるんだろうっていう不安はありますけど、さみしいとか我慢とか、なんかごめんなさいってぐらいしてないんです。でもみんなすごく不幸な毎日、耐えられないみたいな感じだから、えーっていう。だからみんな重いっていうか、こわいなーって。

冷めたミネストローネをスプーンで掬いながら、わたしは震えるように頷いた。真子ちゃんはやっぱり、と笑った。嫌いなわけではなく、そこまで自分に他者を馴染ませられないということを誰かと共感し合ったのは、真子ちゃんが初めてかもしれない。ガレットのチーズが固まり始め、伸びが悪くなったそれをナイフで切りながら、真子ちゃんは新年会のときと同じように、身を乗り出してこちらを覗き込んだ。

「そういえば園田さんの下の名前って、玲香って書くんですね」

園田レイカという名義の、レイカは玲香をそのままカタカナにしたもので、苗字は意味もなく母の旧姓を使っていた。ＬＩＮＥの登録名は本名表記のままだったので、筆名に気づいたようだった。彼女に何か重大な嘘をついていたようで、打ち明ければ打ち明けるほど、その場ででっちあげた言い訳のように感じられた。さらにわたしと比べるまでもないほど知名度のある真子ちゃんが本名だと知って、名前を使い分けることはとても卑劣なことをしているようで居たたまれなくなった。それでも真子ちゃんはわたしに、教えてくれてうれしいです、と微笑んだ。

真子ちゃんはそのあとダンスのレッスンがあるそうなので、十六時頃に駅前で別れ、わたしはGoogleで周辺の大型書店を検索した。真子ちゃんと来た道を途中まで引き返さなくてはならなかったが、ミシンの返し縫いを思い出しながら、ナビ通りに中間地点をひとつひとつなぞるように進み、書店の入っている百貨店のエレベーターに乗り込んだ。ほかに乗降客はおらず、エレベーターは途中で開くことなく、瞬時に書店のある階まで上った。

資格試験の棚を探しながら店内を回っていると、経済分野の新刊コーナーで女児が独りスマートフォンを両手で握りしめて立っていた。どういう原理なのかはわからないが、彼女が履いているスニーカーのソールはピンクやパープルやブルーに発光していて、傍からは気づかない彼女のかすかな体重移動に反応して、光が不規則なリズムで明滅している。数年前に流行した子ども向けCGアニメーション作品の主人公姉妹のイラストが印刷されたPVC製のミニポシェットを斜め掛けしていて、その中に、スマホのほかに重大なものが詰め込まれているわけではなさそうだった。細く長い栗色の髪と、おそらく手作りの布マスクで表情はほとんど見えないものの、今にもさみしさに叫喚《きょうかん》しそうなのに、そのやり方がわからず戸惑っているように感じた。わたしは一度彼女を通り過ぎ、平積みされたFP技能検定二級のテキストと問題集を選んでからその場に戻った。彼女はいなかった。

会計をすると、レジ袋は有料だと伝えられる。テキストと問題集はそれぞれ四センチほどの厚みがあり、わたしのバッグには入らないし、エコバッグも持参していなかったので、袋を三円で購入した。出費への不快感はなかったけれど、わたしがわたしの購買行動を把捉《はそく》しきっていないことへの、小さな罰を科されたようだった。エレベーターで地上に降りながら、これからはすべてのバッグに、百均で入手したり、何かしらのキャンペーンでもらったりしたエコバッグを一枚入れておくべきだ、と、iPhoneSE2にインストールしておいたToDoアプリに、フリックで文字をなぞり込む。真子ちゃんからメッセージ。

【今日はありがとうございました！　久しぶりに会えてほんとうにうれしかったです。そしてまた玲香さんの曲を歌えてほんとうにうれしすぎます……！】【こういう雰囲気ですけど、ぜひまたごはん行きたいです！　ガレット最高でしたね（瞳を潤ませた顔の絵文字）】【でも、今はな〜って思われたら、ほんとに、遠慮なく断ってください（土下

座する女性の絵文字）（汗の絵文字）（汗の絵文字）】

ロッカールームでは、四十代半ばほどの女性が、下半身は淡いピンクのショーツ一枚になって、ストッキングを剝いでいた。その様子は鶏むね肉の筋膜をつるつると剝がす工程を連想させた。上半身に纏《まと》った、糊の利いたブラウスとベストで、そのひとが事務パートさんだと気づく。先輩ではないことを確認して、ロッカーから取り出したiPhoneSE2の機内モードを解除する。ここだけは監視カメラがないので、憚《はばか》っている素振りさえすれば、私用スマホを触っても注意されなかった。今日は在宅勤務中の林から、支店の二つ隣駅にある台湾料理屋のグルメサイトURLと、いつかここ行こう、予約しないといけないらしいけど、とメッセージが送られていた。

了解と返しながら、水筒と歯ブラシセットをロッカーに戻す。冬に買った色つきのリップクリームをどこかに入れたつもりだったけれど、ポーチの中にはなく、通勤バッグの中にも落ちていなかった。代わりにジャケットの内ポケットに入れっぱなしのメンソール成分配合の無色リップクリームを塗る。口の中で静かに曖気《あいき》すると、食べたばかりのハムレタスサンドイッチの臭いが歯磨きペーストのミントの香りと混ざり、口腔内に満ちた。食事をするのは嫌いじゃないけれど、平日の昼食はどこで何を食べても味が平たく、義務として口に押し込んでいる。腹の浅いところでいつまでも消化されず、腐るまでそこに詰まっているようだった。

Twitter を開き、検索欄に佐久村真子、と入力してみる。サジェストに「かわいい」「コンビニ」「てえてえ」「口パク」と出てきた。てえてえ、というものをタップしてみると、先日深夜のシグナルΣ冠番組に出た際に、真子ちゃんが手を合わせるポーズをしながらそう言ったときのキャプチャー画像が、一部の界隈でネットミームになっているのを知った。その画像の中には文字と色がたくさん散らかっている。スタジオの中で目を閉じ手を合わせて何かを拝む真子ちゃん、その下に「てえてえよ……」という大きなテロップ、右上には小さなワイプいっぱいに男性芸人が口を大きく開けて笑っており、吹き出しで「ホントに日本語しゃべってる?」と彼のコメントがさらにテロップに書き起こされている。左上には番組名。その下には「話題の共感力トレーニング」とある。

タイムラインをスクロールしていると、シグナルΣ公式アカウントの告知ツイートが出てくる。ライブ映像の一部を YouTube で無料公開し始めていた。指が滑って自動再生動画欄をタップしてしまい、初の日本武道館公演で披露された「ジルコニアの制服」のサビが、iPhoneSE2からロッカールームに溢れ流れた。私服に着替え終わったパートさんがこちらへ振り返った。音量そのものは大したことなかったものの、会話のない、布擦れのような小さな生活音しか鳴らないロッカールームには、音楽や歓声は明らかに異物だった。び……っくりした、とパートさんはわたしに確実に聞かせるように呟いた。わたしは吐息だけですみませんと謝った。

AirPods Proを耳に押し込んで起動する。起動音と共に、ノイズキャンセリング機能がオンになり、耳の中が真空になったよう錯覚する。もう一度その動画に触れると、別ブラウザが開き動画が再生される。イントロが始まり、ほとんどデザインの変わらない衣装を纏った女の子たちが、握ったマイクに向かって歌詞を諳《そら》んじながらセンターステージに上がってゆく。彼女たちの後ろでは、サイリウムの数々がくるくると回ったり揺れたりしている。カメラが真子ちゃんを捉えた。四分休符のような、一筆書きで自然に描かれたような横顔だった。気づいたと同時に画面は他の女の子のアップに切り替わってしまう。歓声に埋もれないように調整された歌声とオケのバランスが悪く、やたらと女の子たちの声ばかりが直接鼓膜に当たっているような気がする。バラバラの女の子の歌声を束ねて凝固したようなミックスは、それぞれの区別をつけさせないようにしているのではないかと勘ぐるほど、平坦に均《なら》されている。真子ちゃんの声はない。そもそも、真子ちゃんの声を思い出せない。高いとか低いとか掠《かす》れているとか、そういった角や棘のない声だったように思う。

真子ちゃんが映らないか目を凝らしているうちに曲が終わっていた。自分が書いた曲だからかもしれないけれど、旋律も歌詞も、耳から入ってどこかへすっかりすり抜けてしまって何も残っていない。シークバーを左に戻して、センターステージに上がった真子ちゃんの横顔を見つめる。ぱっと俯瞰《ふかん》に切り替わる。シークバーを左に戻す。真子ちゃんの横顔が映る。俯瞰に切り替わる。シークバーを左に戻す。真子ちゃんの横顔が映る。俯瞰に切り替わる。シークバーを左に戻す。動画の読み込みが遅延する。通信制限がかかってしまったのかもしれない。

私鉄で四駅、そこからＪＲに乗り換えて一駅の最寄り駅に降り、駅前のスーパーで朝食用の豆乳一本、バナナ一房、三割引シールのある焼鳥パックを買い、マンションまで歩いていると、林からの着信が聴いていた音楽を押しのけて鳴る。わたしは買い物袋を左手に持ち直して、AirPods Proの感知センサーをつまむ。

何してんの？

また、透徹した無音から林の声がくっきりと届く。

普通に、帰ってる最中。めしは？　これから家で食べる。何作るの？　ごめんもしかしたら通信制限で切れちゃうかも。あ？　大丈夫だよ、通信制限って電話関係ないから。そうなの？　うん、で、何食べるの？　ラーメンかな……賞味期限処理。あと焼鳥も。いいなーおれ今日インドカレーウーバーしちゃったんだけど、プラスチックのパックからカレービッシャビシャに溢れてたしあんまおいしくなかったわ。おつかれ。えっ何何今の、ダジャレ？　ちがうし。飯食ったらどうすんの、曲作るの？　作らない、明日もあるし疲れたから。おれも明日出勤だわ。へえ。あのさ、大きな声で絶対言えないけど、引かれたくないけど、ずっとこんな感じでいたい、仕事したくないわ、おれ。引いた。だから人がいるところでは言ってない。あ、わたし、ＦＰの教科書買った。やっとかよ。もう三級でやったこと、なんかこんなことやったなー、って忘れてきちゃってやばい。だから言ったろ、すぐ次受けたほうがいいって。うんほんと、その通りだった。てかさ、立野。はい。帰りまじで気いつけろよ。あー。あーじゃなくて、最近人が外歩いてないだろ、だから変態めっちゃ増えたらしい。変態って増えるもんなの？　知らんけど。へえ。あとみんなイライラしてるだろ、客もそうだけどさ。じゃあ猶更、暇潰しに電話してこないでよ、危ないじゃんスマホいじってたら。逆だよ逆。何が？　こうやって、誰かと話しているから、なんかあったらすぐに気づくひとがいるだろ？　データも残るからかえってこのほうが安全なんだよ。はあ、彼女にやれば？　いないし。そう。てかもう、多分セックス一年くらいしてないんだよ、孤独を突きつけるのやめろって。嘘でしょう。いやー、風俗も行ってないというか、そもそも風俗好きじゃないから行かない。はぁ。性欲涸《か》れてるし。涸れてたらなんでわたしにそんな話振るの。いや変な意味じゃなくて、人肌恋しいっていうか、いや、肌じゃないな、ぬくもり的な何か。きもきもいな。ぬくもり扱いされた。ぬくもりはあるだろ、物じゃないし。知らない。やりたいってことじゃなくてさ、ぎゅって抱きしめられると幸せホルモンが出るんだけど、それが出てないってこと。幸せホルモン。正式名は忘れたけど、そういうやつだよ。へー知らなかった。最近さ、悲しいニュースとか、事件とか、もうなんか怖いものが多いじゃん。うん。そういうのじゃなくて、おれ、とにかく誰か、誰でもいいからひとに優しくしたいなって、心から思ったたっていうか、自分のそういう部分に気づいたっていうか、絶妙に新ジャンルじゃね？　おれ。

林の振舞いと、心から、という表現がどうしても嚙《か》み合わなかった。わたしが今話している相手はほんとうに林なんだろうか。彼のInstagramは半焼けの牛肉や寿司しか載っておらず、Twitterはおもしろい動画のリツイートがほとんどなので、林を形づくる要素はわかっても、どんな顔つきや形だったか、イメージが曖昧になっていた。目は大きい、という記憶はない。でも、二重まぶただったような気がする。鼻は太いな、と思ったことがある。歯並びは悪くなかった気がする。びっくりするほど美しく整列しているわけでも、どこか一部の歯が突出した口許でもなかった。身長は一六五センチのわたしより高かった。それが男性の「一般」を基準にするとどうなのかは知らない。電話口の相手に対して、どんな言葉遣いで、どれほどの関係を踏まえて返せば適切なのかわからなくなった。わたしはマンションの前で「あ、家着いた」と、独りごちた。そっか、よかった、と向こうから聞こえてくる。

在宅勤務日の昼間、真子ちゃんから「あつまれどうぶつの森」のフレンド勧誘のメッセージが来た。あつ森自体をやっていないと答えると、直後に【SWITCHはありますか？　てか玲香さんってゲームしないタイプでしょうか……（汗の絵文字）】と飛んでくる。ほとんど起動したことのないＳＷＩＴＣＨを充電から外して起動させると、ひとりでにハードの自動アップデートを始めた。

【持ってるし、やるときはやるよ！　でもこれは初代しかやってない】

【じゃあ始めましょうよ（瞳を潤ませた顔の絵文字）（瞳を潤ませた顔の絵文字）（瞳を潤ませた顔の絵文字）】【家具コンプとかわからないこととか手伝います！】

反射的に、わかった、と返していた。真子ちゃんから【待ってますね（瞳を潤ませた顔の絵文字）】【最初は面倒ですけど、一連のストーリークリアしたらすっごく自由度高くて楽しいですよ！】【早く島の行き来したい！】と念押されたので、ＳＷＩＴＣＨのアップデートと再起動が完了してから、ソフトを購入しダウンロードする。どうせデモ曲制作も進んでおらず、ＦＰの教科書も買ったきり目を通していなかったが、座椅子に移動してゲームを始める。いきなり、見覚えのあるようなないような仔狸が二匹、わたしの名前や、性別や、これから行こうとする島の名前や、容姿の詳細を次々と質問し、それに答える形式で初期設定が進む。子どものころにプレイしたバージョンでは容姿は選択できず、衣服もテクスチャを変えているだけのように見えたが、最新作は靴下までカスタマイズできるようになっていた。更に顔つきは後からでも変更できる仕様になっていた。

ストーリー設定上、無一文で主人公が島に来てしまっていたため、無人島のインフラを整備しながら、それらの報酬で移住費の返済をし、更に住宅ローンまで組まされた。威勢がよく前髪をまっすぐ切り揃えている雌鹿と筋肉トレーニングばかりに明け暮れている雄猫は、序盤こそストーリーを進める有益な情報を教えてくれたのだが、こちらが勝手を覚え出すと、次第にただ島を口笛を吹きながら徘徊したり体操をするだけで、苦戦している商店開店のための資材収集を手伝ってくれるわけではなかった。ネットで知ったSWITCH本体の時間設定を操作し再起動を繰り返す裏技で、博物館、商店を建て、狸に依頼され島を分断する川に橋を架け終わった。時間を操作するたび島に雑草が茂り、それを抜いて資源として売って、微々たる額だがお金《ベル》の工面もできた。相変わらず雌鹿はわたしに元気かどうかの確認だけをし、雄猫はトレーニングに勤《いそ》しんでいた。狸からは更に移住者三名分の家を島に建てるように依頼される。場所を決めたはいいが、家具もこちらが揃えるというサービスらしく、再び資材を集めなくてはならなくなる。面倒だ。やめてしまいたい。でもこうして斧で木を、スコップで岩を叩いて叩いて、叩き続けた先に自分好みの島を作り上げたり、島の行き来をしたり、遊ぶ方法が広がるのだそうだ。義務感でひたすら木と岩を叩き、もう資源が出なくなったら時間操作をしてまた木と岩を叩く。

視界が眩《くら》んで、自分の影が床に溢れて広がっていることに気づく。外では陽が落ち始めていて、掃き出し窓に夕景が映っていた。データをセーブした。

おかずの作り置きでもしようと思い立ったものの、作る献立を考える気力があつ森に吸い取られてしまった。料理を作るのも、何かものを食べるのも決して嫌いなわけではない。細かいことは受け取れなくても、おいしいものを食べたらおいしいと感じる。でもいちいちお腹が空くたびに何かを自分のために思考を巡らせて作り上げる労力を前にすると、力が抜けてしまう。ただここ最近中食が多く、自分の活動を外部に頼りすぎているのではないかという罪悪感に苛《さいな》まれた。もし、誰もわたしのために、お金を払っても惣菜を作ってくれなくなって、他者に甘えきっていたせいで包丁の握り方すら忘れてしまったら。せめて包丁で何かを切って、ガス火くらいつけなくては、と、マンションを飛び出して、向かいにあるまいばすけっとでピーマンを買って来て、種を取って適当に切った。キッチンの戸棚の底から見つけた鯖《さば》の水煮缶詰をフライパンにあけ、めんつゆで切ったピーマンと炒めた。電子レンジで解凍したごはんにのせて食べた。食事、という味がした。

＊

けたたましいiPhoneSE2のアラーム音を止めながら、メールが来ていることに気づく。夜の二時半ごろに受信していた。メールには文字が詰め込まれていて、起き抜けでは目が滑って頭に入らなかった。一旦アプリを閉じて朝支度をし、座れるようになった通勤電車の中で改めて読み直した。売り上げをライブハウス支援金に当てる半チャリティ自主制作企画の楽曲共作依頼で、U-MA《ユーマ》と名乗る送り主との面識はなかった。メールには作品リストも添付されていたが、シグナルΣなどの知名度のあるグループ名は並んでいるけれど、イントロやサビを想起できる曲名は載っていない。受けるか断るか、読んですぐに判断ができなかった。iPhoneSE2から視線を上げると、次々と街が車窓を走り去ってゆく。

こういった、家々がひしめいている有り様を目にすると、高校の修学旅行を思い出す。

函館だった。何日目かは忘れたが、ある夜、ロープウェイで函館山をのぼり、夜景を見せられた。函館の住民たちは、自分たちの居住地や生活圏が有数の夜景スポットであり、観光客から自分たちの部屋の明かりが眺められていることを知っていると、現地ガイドの比較的若そうな女性が説明していた。そして、わたしたちも、ここじゃなくても、こんなふうに、しあわせで、美しい景色を作るひとつになろう、そしてあの光の中に帰ってゆくべきなんだ、といった内容の言葉を続けた。そのクラスの当時仲良くしていた女の子は、きっも、と言って、教師やほかのクラスメイトの中で薄ら笑いを浮かべていた。その子とわたしは、美しいとか、きれいとか、しあわせとか、そういったものをそのまま受け取って、自分に馴染ませられなかった。だから仲良くできたのかもしれない。みんなが聴かない音楽をわたしたちは聴いて、みんなが弾けない楽器にわたしたちは夢中で、みんなが読んでいない漫画の続きをわたしたちは待ち望んで、みんなと共有できない感想をわたしたちは人目を憚りながら語り合った。こんなふうな居心地の悪さを告白しているひとを最近SNSで見るし、そういった声をまとめて、その気質や傾向に名前をつけてたびたび啓発されている。この世でわたしとその子だけが隠し持っている奇貨《きか》だと信じていたものなど、実はそれとほとんど同じようなものを、いろんなときに、いろんな場所で、いろんなひとがポケットいっぱいに詰めて暮らしていた。

　車内アナウンスが流れたので、わたしは立ち上がりドアの前まで行くと、iPhoneSE2の画面に林からのメッセージ通知が重なっていた。動画のURLが貼られていて、タイトルには「カルガモのエッヂの効いたドリフト」とある。通信制限、とだけ返すと、おまえどんだけスマホゲームしてんだよ、てかギガ買えば？　と投げられる。電車内やカフェ等で隣に座ったひとが、画面に表示された同じ色や形のアイコンを器用に指でなぞって消してゆくのを、どれくらいの頻度かは定かではないけれど、忘れたころに何度か見てきたと思う。わたしはその手のゲームをしたことがなかったのに、林の中のわたしは、いつの間にか彼ら彼女らのうちのひとりになっていた。

　今日は十時から、異動する上司の三浦さんから引き継ぐ個人顧客とのアポがあった。以前より貸金庫の種類変更を実寸を見ながら検討したいと来行予定だったそうだ。異動といっても、三浦さんは同じ部署内に新設されるお客さまライフパートナー課の課長になるので、実務は今までと大きくは変わらない。わたしのような、後方事務から転属された元一般職に、エリア総合職の顧客を引き継がせて訓練させるという救済策なのだと思う。そしてあわよくばその間に何かしらを断念し、自主退職してもらおうという緩衝策でもある。

　窓口から少し離れたところのパーティションスペースに入ると、五十代半ばほどの男性が口をへの字にしながら、契約書類に記入をしていた。こちらに気づくと、じっと動物のようにわたしを睨《ね》めつけた。わたしが名刺を取り出して自己紹介をすると、再び書類に視線を落として言う。いい、いい、とりあえず、何かあったらあなたの名前を出せばいいんだろ？　もうさ、マスクしてるとわかんないんだよ。この歳になるとさ、ただでさえ若い子みんな同じ顔に見えちゃうのに、顔の半分覆われたらいよいよ見分けつかなくなっちゃうんだよね。みーんな一緒。だから三浦さんも、この子と変わんないよ。え〜？　さすがにそんなことないですってー。いや変わんない変わんない、ほんっとに。実はちょっと嬉しかったりします。ま、あなたたちの仕事はそうはいかないかもしれないけれど、おれ、もうちょっと頭髪とかって、自由でいいんじゃない？　って思っちゃうタイプ。社会全体的に、もっと個性出してもいいんじゃない？　ねぇ、できればいいんですけど、ねぇ。

　ふたりの間に、あーとか、えーとか、五十音の中から適当に選んだ相槌を差し込みながら、銀行保管用の鍵を封筒に入れ糊付けをし、あらゆる点線の円の中に押印を促すと、男性は素直に印鑑を円の中にぎゅうぎゅうと捺《お》す。

三浦さんが書類を受け取り席を外すと、さっきまでラジオのように途切れなかった男性の喋りが止まり、俯いてこちらから視線を逸らした。ひゃく、よん、ばんの、番号をお持ちのお客様、と、合成女性声の受付機のアナウンスがやけに大きく聞こえた。唐突に回ってきた沈黙のボールが重たい。わたしは頬に力を込めて「積立NISAってされていますか？」と切り出した。男性はびくりと全身を引き攣らせて、そういうのおれはいい、から、とついさっきまでの勢いを無くすどころか、別人のように痩せた声をわななかせた。

「されて、いらっしゃら、ないんですね？　もったいないですよ、積立NISAは非課税期間が通常NISAよりうんと長いんですよ！　投資慣れていらっしゃる方ならやっぱり通常NISAがおすすめなんですけど！　むずかしいイメージをどうしても持たれちゃうんですけど全然全然そんなことないですし、もちろんゼロリスクではありませんがそもそも積立って自体リスク分散法のひとつだし、商品も金融庁の審査をクリアした、比較的安全だと言われるものばかりなんですよ。それに、あの、変な言い方しますけれどどこういうご時世ってチャンスなんですよ！　人生百年時代ってよく言われるし、年金問題も、ほらいろいろあったじゃないですか。これは世代差かもしれませんが、わたしはあんまり年金制度に老後のすべてを委ねるのは、ちょっと、うーん、って！　思っちゃうんですよね。だから本当ならｉＤｅＣｏもおすすめしたいんですけれど、説明はいつでもいたします！」

　就活面接やライブ、もっと遡れば、学芸会や合唱コンクールの前、緊張したら観客や相手を野菜だと思えと教わった。この定説はいつどこから発生したのかわからないけれど、その通りに実行して、学生時代の一時期はサラダが食べられなくなった。加熱すれば食べられた。よく考えれば、こちらのほうが野菜に対して酷いことをしているはずだった。それからその対処法にアレンジを加えて、緊張したら相手をペッパー君の亜種や模造品と見なすことにした。商品説明や営業方法も、マニュアルやまともな研修のないまま転属されたので、とりあえず林の笑顔や振舞いを模倣している。目の前のペッパー君もどきは処理落ちしたように、ビー玉のように焦点のわからない瞳でこちらを見つめた。三浦さんが契約書類の控えと、粗品を入れた袋を持ってきたので、それを受け取り「これ、入れておきますね！　気になることがあればいつでもお問い合わせくださいね！」と言ってパンフレットを袋の中に詰めて渡した。袋にはボールペン一本、不織布マスク一枚、ポケットティッシュ三袋が入っていた。ペッパー君もどきは袋の中身を確認すると、大きく肩を上下させながらため息を吐《つ》いた。その後どんなふうに帰っていったのかは、五秒間深くお辞儀をしていて見ていない。頭を上げると軽く眩暈《めまい》がしたので、ペッパー君もどきの後ろ姿を見送っているふりをしながら、頭に上った血が正常に降りてゆくまで立ち尽くした。

立野さん立野さん、と呼ばれ、三浦さんの後ろについて行くと、三浦さんは通路の隅にすっぽり収まるように寄りかかり、腕を組んだ。「ちょっと見てたけれど、ねぇ。あんなふうに、ガーって売り込んだらお客さん、引いちゃうじゃない。服買ってるときにさ、店員がしつこくまとわりついたら買う気失せるでしょう？　あれとおんなじだよ。営業って接客なの。窓口よりも、ライブな、アドリブな接客。ねぇ？　言ってることわかる？」三浦さんは先ほどわたしが商品を売り込んだときより、テンポを落として諭していた。確かに矢継ぎ早に丸め込むより、ゆったりしながらも極力絶え間なく言葉を挟み込むほうが耳に残った。それだけじゃない。ねぇ、と忘れたころに弱拍を強調することで、漫然としてしまいそうな話に緩急が生まれる。不安定なリズムで、聴いているだけで揺り動かされそうになる。

まぁ、立野さんもともと事務だったし、いきなり営業、いきなりこんな感じ、だから、ねぇ。焦っちゃうのもわかるよ、そこはほんとうに、わたしだってしんどいと思う。でも、ねぇ。人生で起こる変化っていつ起こってもいきなりなんだから、いつまでもいつまでもわかりませんじゃ話にならないから、ねぇ。三浦さんが息継ぎする隙間に「はい」と合いの手を挟む。ドラムの打ち込みのように、あまりにも等間隔な相槌では機械的なので、少しだけ強弱をつけてみる。曲を書きたいと思うけれど、同時にＭＩＤＩ鍵盤の前で茫然としている自分の背中が見えてくる。

帰りしなに鰯《いわし》の味噌煮缶とトマトを買って、ごはんを解凍して、鰯をその上にのせて食べた。トマトはくし切りにして、二切れだけ食べて、残りはラップをかけて冷蔵庫に仕舞った。火を使うほどの余力はなかったけれど、包丁を使って野菜を切って食べたことで、誰かに許されそうな気がした。

茶碗と箸を洗って、鰯缶を水で軽く濯《すす》いでからゴミ箱に落とし、形式的にチェアに座ってみた。予見した通り、Cubase10を起動したものの、白鍵、黒鍵、白鍵、黒鍵、白鍵、白鍵、黒鍵の模様を眺めるだけで、指が動かない。メロディが降ってくるというのも、何もないところから音が自然発生して頭に落っこちてくるわけではない。想起だ。豪雨のように、どこかで蒸発したものが記憶に滞留して、それが落ちて戻ってくる。何も溜まっていない。だから進行やスケールから、流れを削り出したり、配列して体裁を整えるのだが、それすらも強く奮起しなければならなくなってきた。MIDI鍵盤のB♭を人差し指で打つ。ポコ、と打鍵音が響くが、音色は鳴らない。出力音を指定していなかった。

作曲は諦め、SWITCHを手に取りあつ森のストーリーを再開する。鉄鉱石が欲しくて岩を叩いているのに、なぜか粘土ばかりドロップするので、ポケットの中が粘土でいっぱいになってしまう。粘土で作れるレシピをまだほとんど入手していないので、何かを作って売りつけることもできない。ポケットの中で邪魔になったら、家に戻って粘土を等間隔に並べてゆく。セーブして、時間操作をして、雑草を抜いて、草を売って捨出して、また鉄鉱石のために岩を叩いて多くの粘土を出してしまう。真子ちゃんとフレンドIDを交換するという目標がなければ、こんな作業はいつまでも続けられなかった。

iPhoneSE2 のロックを解除し、家の Wi-Fi を使って、粘土の使い道ってある？　と真子ちゃんに送った。ほどなくして既読が付き**【えーーなんだろう】**と表示され、ひと呼

吸置いて返信が続く。【陶器というか、食器とかですかね。でもリメイクキット使わないと、なんか土器みたいなのできちゃう】

【土器?!】

【土器!!】

試しに検索してみると、真子ちゃんの言う通り弥生土器のような素焼きの器の画像が瞬時に表示された。他には狸の置物や煉瓦製のものが粘土を使用するようだった。

【土器いらないなぁ。もうこのゲーム飽きそう……】

【やだ!】【頑張って、少なくともストーリーはクリアしてくださいよ!】【それを乗り越えたらすっごく楽しいので!】

【乗り越えられない……】

【(横たわりながら涙を流すひよこのスタンプ)】【(なんだとおおおと叫ぶ少年漫画キャラクターのスタンプ)】【やだー!】【頑張ってくださいよー!】

【頑張るよ……】

やりとりを終えて、Twitterを開き検索欄に真子ちゃんの名前を打ち込む。以前にもあった「コンビニ」というサジェストワードが最上位に来ていた。それを選んでみると、真子ちゃんに似た女性がコンビニで買い物をしている様子を、何者かに数メートル離れたところから撮られた盗撮動画が再生される。動画は横に長い画角だったので、スマートフォンで撮影したものではなさそうだった。店の外から彼女を映し始め、店内に入って商品棚の隙間から、おかし売り場や日用品のコーナーを物色している女性の姿をさまざまな角度から舐めるように撮っている。ファンの内々だけで話題になっていた上に、本人とは断定できないと多くの人たちが動画を見過ごしていたが、目立つ白い斜め掛けバッグは先日会ったときに本人も同じものを使っていた。身に着けているものだけではなく、キャップで隠した顔の小ささも、脂肪が削ぎ落とされた脚も、わたしが見た真子ちゃんとほぼ相違なかった。ただし古いカメラなのか、今どきめずらしく画質が悪く、その顔はぼんやりと詳細が潰れていた。ほとんど真子ちゃんだけど、真子ちゃんかどうかを断定できる権利を誰も持っていない。

＊

ロッカールームの隅で、手持ち無沙汰にほとんど通信できないiPhoneSE2を撫でていると、今日、夜空いてますか？　と真子ちゃんからメッセージが来た。その直後に【うちでご飯食べませんか？】【ピザが食べたくなって、今日三枚頼むと安い日なんですけど、ひとりだと食べきれない&冷蔵庫にそんなにスペースがなくて（滝のように涙を流す顔の絵文字）（滝のように涙を流す顔の絵文字）（ピザの絵文字）】【外食がバレて何か言われるのも怖いので……どうでしょうか】と続いた。

真子ちゃんの家の最寄り駅へは、GPS地図で俯瞰すればそう離れていなかったが、電車で向かうと遠回りになった。改札を出たところにまた、他のひとよりも繊細に作られた真子ちゃんが、黒いTシャツワンピースを着て、例の白い斜め掛けバッグをかけ、薄いグレーのウレタンマスクをして立っていた。ハンガーに掛けられた服がそのまま歩いてきたようだった。こちらに気づくなり、え、なんですか、スーツ？　と真子ちゃんは大きな瞳が落ちそうなほど見開いて、わたしの服装を指さした。暑くなってきたのでジャケットはロッカーに置きっぱなしだが、スラックスや靴が以前真子ちゃんに会ったときよりもかしこまっていた。そういえば、真子ちゃんに仕事のことを話していなかったことに気づく。真子ちゃんの歩く方向に従いながら、彼女の質問にひとつずつ答えた。本名を打ち明けているときのように居心地が悪かった。話しながら周囲を見やったが、ナチュラルローソンやトモズはあるものの、盗撮された場所であろう一般的なコンビニはなかった。

タワーほどの規模ではないものの立派なマンションの前に着いて、真子ちゃんがオートロックを解除すると、うちの倍ほどある大きな強化ガラス扉が自動で開いた。広いエントランスを通りエレベーターで上がり、おそらく築浅の、広い1Kに入る。どこかパースの狂った部屋だった。冷蔵庫は一人暮らし用にしてもかなり小さいもので、その上にやたらと大きなスチーム機能付きの電子レンジが載せられている。側面には受付番号の記入された粗大ゴミシールが貼られており、ソースか何かを溢《こぼ》して、そのまま酸化・樹脂化してしまったような赤黒い汚れの跡がこびりついていた。冷蔵庫の天辺《てっぺん》と電子レンジの底面の幅が合っておらず、電子レンジは片足踏み外して傾いたままの姿勢を保っている。今にも激しく音を立ててこちらへ倒れて来そうだった。微細な揺動も起こさないようにそっと歩きたいけれど、廊下には魚や亀やさまざまな陸生動物を象《かたど》った未使用の食器洗い用スポンジが散らかっている。足の踏み場もないその廊下を抜けてドアを開けると、家具の整頓された部屋が広がる。ただ最奥のセミダブルベッドには、真夏なのにコートやニットが脱ぎ捨てられ、ガラス板のローテーブルの上には対戦カードゲームのデッキや企業ロゴの入ったボールペンや付箋がいくつも転がっていた。何インチなのか数字のわからないほど大きなテレビが壁を覆っているのに、どこにもリモコンを確認できなかった。その向かいに白い革の二人用ソファが置かれていた。

真子ちゃんは目星のピザをすでに二枚カートに保存しており、あと一枚はわたしに選んでほしいと、iPhoneの画面をこちらに向けた。以前会ったときにはなかった無数の亀裂が、液晶画面の端に走っていた。てりやきチキンとマルゲリータを真子ちゃんが頼んでいたので、おそらく味の系統が被らないだろうシーフードバジルソースにした。割引キャンペーン中で、注文が殺到していて四十分ほどかかると言われた。時間かかっちゃってすみません、となぜか真子ちゃんが謝ってきた。

見たことがないメーカーの五〇〇ミリリットルペットボトルのお茶とグラスを真子ちゃんが持ってきてくれて、白い革のソファにふたり並んで座った。電源のついていない、大型テレビの黒い画面が鏡のようにわたしたちを反射していて、テレビ越しに真子ちゃんと視線が合うと、真子ちゃんは微笑んで自分のiPhoneをいじり始めた。しばらく穏やかな沈黙が流れたが、うわ、と真子ちゃんが声を漏らす。

「せっしゃさん、推《お》し変しちゃった」

歯擦音《しさつおん》の多さに、真子ちゃんの前歯の間から細かな唾の粒が飛んだ。iPhoneの画面に数滴かかってしまったようで、真子ちゃんはローテーブルの引き出しから出したアルコールシートで画面を拭いていた。引き出しの中も、縮緬《ちりめん》で作ったお手玉や、モバイルバッテリー、何と何とを繋ぐためにに持っているのかわからないUSB2.0 Type-Bケーブルが二本、輪ゴムで縛られたキャラクターものの鉛筆の束などが入っていた。

「なに、それ」

「あ、ごめんなさい。拙者さんっていう、有名な女オタがいるんです。やばいなー、みーたんと比べられたら何にも言い返せない」

バージョンのわからない、ひび割れた真子ちゃんのiPhoneの画面には、こうある。

【取り急がない拙者：ビジュアルは同系統、まぁまこまこの方が顔もいいし一軍だから慣れもあるけど、歌唱力はみーたんの方があるし、ファンメおもしろいし、総合点でみーたんかな。これで場数踏めばまこまこの上位互換でしょ】

本人から見られていると知って書いているのか、知らないからこんなふうに書けるのかわからない。それにこんなにも剝《む》き出しの評価を、真子ちゃんがそのまま受け止められることも信じられなかった。真子ちゃんはみーたんと呼ばれている後輩のアーティスト写真を検索して表示させた。確かに、真子ちゃんと顔の系統がやや似ているけれど、みーたんは頬の丸い十代半ばの、まだ他者と比較するほど自分の形が仕上がっていない子どもだった。

「こういうツイートまで見てるの？　つらくない？」

「全然。全然普通ですよ。言ってること、ほんとうにその通りだと思うし、この、みーたんっていう新しい子、ほんとうに歌が上手なんです。本マイク渡されるくらい」

「本マイク」初めて聞く単語が間髪を容れず耳へ襲い掛かってくる。「ごめん、そのあたり、あんまりよくわかってないんだけど」

「ちゃんと音を拾っているマイクです」「音を拾わないマイクってあるの？」「ありますよ。わたし歌唱メンバーじゃないから、ダミーマイク使わされるんですよ。ダミーというか、本物なんですけど、電池抜かれて、電源が入らないようになっていて、だいたい選抜で入ったら本物かダミーかで振り分けられるんです」

有線タイプしか使ったことがないので、歌うという同じ行為をしているはずなのに、まったく違う話が出てくる。バドミントンだと思っていたら、テニスの話をされていたくらいの隔たりだった。

「てか、拙者さんよりももっとやばいオタクなんていっぱいいますよ。ちょっと待ってください、見せたい見せたい超おもしろいんです」

そう言いながら、真子ちゃんはわたしに見せていたiPhoneを振り向かせて、慌てたように画面をタップし始めた。このひとめっちゃくちゃやばいです、と再び向けられた割れた画面には、昨日見たコンビニ盗撮動画のスクリーンショットに中年男性のセルフィーが雑に合成されていて【まこまこ（緑色のハートマークの絵文字）と、買い物デート！（両目がハートになった顔の絵文字）このあと、どこへ行こうか～？（汗の絵文字）（汗の絵文字）】とあった。わたしが返す言葉に困っていると、真子ちゃんはこの男性は「たくぽん」と名乗っており、この写真では見切れていてわからないけれど、手脚は綿棒のように細いのに腹だけが膨れていて、握手会のときはやたらと頭を撫でようとするが、真子ちゃんが断る前に、スタッフに注意されて引き剝がされていたそうだ。

盗撮も、それを使った雑なコラージュ画像も、この中年男性への衝撃も強かったものの、それらよりも真子ちゃんの記憶力のほうにわたしは呆気《あっけ》にとられていた。ファンのことなんて性別や年齢の概算しか気にしていないと思っていた。きっと真子ちゃんの百分の一もいないのに、わたしは自分のファンの名前と顔を把捉しきれていない。彼女は人の顔と名前を結びつけて、さらにどんなことを話していたかまで憶えることが得意らしい。すごい、という純粋な言葉が湧き上がった。体型や輪郭ならなんとなくわかるけれど、目や鼻の配置は、何度か会って意識的に記憶しようと努力しないと、たちまちに要素が解《ほど》けて散らばって見失ってしまう。人の名前も特徴的なものでない限り、つるっと思い出から落っことしてきた。作曲家仲間も似たようなひとが多かったので、誰もがそうだと錯覚しかけていた。

「もう、握手会って神社なんですよ。みんな合格祈願とか、結婚しましたとか報告してくるんです。お参りされてる。それか懺悔《ざんげ》室。映画で知ったんですけど、友達とか、身近なひとに言えないけど、どうしても聞いてほしいことを、一生懸命吐き出してくるところは同じだと思う。すごくおもしろいんですよ。神様か神父になったみたいで楽しいんです。だから早くまた握手会したいな。リモートでもいいから、拝まれたい。普段はひとりでも大丈夫なんですけどね」

「すごい。なんか、天職、って感じ」

素直な感心が、まるで真子ちゃんに皮肉を言ったようになってしまった気がした。けれど、訂正すればかえってそれ以上の含蓄を持ってしまいそうだったので、取り消さなかった。少しの間真子ちゃんは考えてから、そうだと思います、と確かめるように言った。「そうだと思います。天職！　ほんとうに。まあさっきみたいな危ないひとってごく一部で、ほとんどは優しいひとですよ。わたしのこと認めてくれるから」

届いたピザの箱を広げながら、どうしてわたしと仲良くしてくれるのかを訊いた。嫌な感じの言い方になっちゃうんですけど、と前置きした上で、「いい意味で、玲香さんはわたしにとってのちょうどいい他人なんです」と、持ち上げたピザの切れ端に下から食らいつきながら真子ちゃんは答えた。「メンバーと違って戦う相手じゃないし、ファンでもないし、同じ世界のいちばん遠いところにいるじゃないですか。それにそもそも、玲香さんって、わたしにあんまり興味なさそう」

あ、これ、怒ってるとか直してほしいとかそういうわけじゃないんですごめんなさい、と真子ちゃんは細かく素早く言葉を足した。彼女が慌てている。何か、火球や、日食の瞬間に居合わせたような、めずらしいものを見た。

真子ちゃんに興味がないわけではなかった。ただこうして会って話しているときより、ライブ映像を観ていたり文字でやりとりしているときのほうが、わたしは真子ちゃんに対して誠実でいられる。顔を合わせていると、どうしても相手に対してどんなに薄くてもいいから絶縁膜を張りたくなる。ＬＩＮＥのメッセージでなら、しようと思えば深刻な質問を突き刺すことができるかもしれない。だからこそ、直接訊けないことばかり胃の中に溜まって、ある日突然真子ちゃんや誰かに腐った無神経さを浴びせてしまう可能性がある。そんなことを、少なくとも真子ちゃんにしないように、彼女の前だとより強固に自分を塞ぎきらなくてはならない気がする。

不安げな真子ちゃんに何か声をかけて、こちらは何も損ねていないということを表そうと、苦し紛れに「他のメンバーと戦ってるんだね」と返事を絞った。

「まあ、友達、ですけど。メンバー同士バチバチみたいなのって、実際そんなにないし、いや、てか、内輪揉めなんてできるほどうちら覇権取ってるわけじゃないんですけど」

と、彼女はガレットを食べに行ったときと同じように、せわしなくチーズを伸ばしながらピザを切り取り、お皿の上に一度乗せてから、もう一度ピザを持ち上げて下からかじりついた。おいしーと言いながら、咀嚼したものをぐう、と音を出しながら飲み込んで、「じゃないんですけど、やっぱりこのポジションは守りたいっていうか。センターになりたいし。うん、あ、うんって言っちゃった。はい」と言い直し、皿に落としたサラミの薄切りを、油で汚れた指で摘んで口に運んだ。彼女の薄い手の甲に赤紫色のタコができていた。

　翌日は休みだったものの、シグナルΣとは別のアイドルグループの作曲コンペの締め切りが近づいていたので、その日のうちに帰ることにした。真子ちゃんのマンションから駅までは近かったけれど、念のためだと真子ちゃんが送ってくれた。改札を通ってから振り返ると、まだこちらを見つめていた真子ちゃんと目が合い、お互いに手を振った。構内アナウンスが流れ始めたので、わたしは地下ホームへ急いだ。

　開きっぱなしのドアから見える電車の中は、換気しているにもかかわらず酸素が薄く感じるほど鬱蒼と乗客が立っていた。電車に乗り込み、イライラ棒のように人の間をすり抜けながら、空いた席を探す。連結部分を通って二両分車両を移動したが、空席はなかった。諦めて適当なスペースに立ち、バッグの内側ポケットを探り、キシリトールガムを十倍ほど拡大させたようなAirPods Proのケースを取り出して開くと、左耳用のAirPods Proだけが格納されていなかった。バッグの中を覗き込んでも見当たらない。今すぐバッグをひっくり返して隅々まで確認したいけれど、できるはずもなかった。何度手繰ってもパーツがない。

途端に自分がとても無防備なものだという感覚がせり上がってきた。どうしてこの体には耳、鼻、口、臍《へそ》、性器、排泄器といくつも穴があるのだろう。それだけじゃなく全身におびただしく毛穴が散らばっているし、眼球に至っては剝き出しで、世界と自分が瞭然と隔絶された構造じゃないことが、どうしようもなく不快で無力感に苛まれる。ひとりで存在しきれない惨めさ。たくさんの品々で自分を塞ぎ守らなくてはわたしはわたしを健やかに保存できないのだ。衣服やマスクで隠れる穴もあるけれど、耳だけはどうしてもイヤフォンがないと塞ぎきれない。どうしようもないのでそのまま充電が三〇パーセントになったiPhoneSE2を開いて、SNSを開きタイムラインを更新してみる。通信制限でなかなか新しい文字の羅列が読み込まれない。酔った乗客たちの、声の分厚い会話が車両の中にぎゅうぎゅうに詰め込まれ、膨れ上がり、今にも破裂しそうだった。いっそしてしまえばいいと思った。

帰宅して、自室の中でバッグを文字通りひっくり返してみたが、やはり左耳用AirPods Proは出てこなかった。少し調べてみると、GPSで探す機能でAirPods Pro自体から音を鳴らす方法を知り、実際にやってみたものの、手許にある右耳用のそれだけが、鈴虫の鳴き声のような音で左耳用はここにはないという事実を伝えた。

片方だけ紛失した時の対処法を検索してみる。いくつも記事が出てきたが、いずれもAppleに「修理・交換」として依頼するのだと出てくる。正規で片方だけを購入する方法はなく、中古イヤフォン販売店か、フリマアプリなどで購入するらしい。正規の「修理・交換」はあまり安くないので後者でやり過ごすひとも多いらしいが、いくらイヤーピースを取り替えたとしても、他人が使用したものを体の一部に差し込むのは抵抗があった。深夜でまぶたも全身もヘドロのように重たく、汗や埃にまみれて気持ち悪かった。それでも仕事用のPCを起動して、インターネットに接続し、修理依頼フォームへ必要事項を打ち込んで送信する。iPhoneSE2でもできたが、こういった作業はPCのキーボードを叩いて確実に済ませたかった。

修理依頼受理の通知メールを受信すると、安堵がのし掛かって、ベッドの中で横になって衣服を脱ぎ、タオルブランケットに包《くる》まりながらショーツ一枚になった。シャワーはおろか、部屋着に着替えることすら億劫だった。iPhoneSE2のロックを解除する。家のWi-Fiでいくらかもとの速度で通信を再開し、張り詰めていた息苦しさがほんの少し和《やわ》らいだ。Twitterの検索欄に真子ちゃんの名前を打ち込むと、サジェストに「コンビニ」「万引き」と表示された。帰宅してから彼女の名前をTwitter検索するのが、脱いだ上着をフックに掛けるとか、毎週月曜日に燃えるゴミを出してゴミ箱に新しいビニール袋をセットするとか、そういった最低限のルーティンワークのうちのひとつとして入り込んできている。「万引き」のほうを選ぶと、例の盗撮動画の一部が数枚切り取られて、真子ちゃんがコンビニの物品を白い斜め掛けバッグにしまっているように見える写真が多く出回っていた。

先刻、真子ちゃんの家に上がったときの、スチーム機能付きの大きな電子レンジの記憶が過《よぎ》る。粗大ゴミシールが貼られ、やけに使い込まれているように見えたけれど、キッチン周りに、日常的に本格的な料理をする痕跡は認められなかった。ほかのマンション住民が粗大ゴミに出したものを拾ってきたのなら、この万引き画像もフェイクと断ずることはできない。盗んでいる、かもしれない、真子ちゃん、かもしれないひとが、盗み撮られている。ほんとうの真子ちゃんはどれなのだろう。アップに引き伸ばされたその女性の体は、真子ちゃんの形と限りなく一致しているけれど、顔は潰れてよく見えないし、相変わらず決定打はないのだ。考えることは疲れる。これ以上わたしは疲れたくない。iPhoneSE2 に充電プラグを挿し、枕の傍に置いて目を閉じた。今までも、こんなふうに着替えるまで体力を調整できず、全裸に近い状態で眠ってしまうことは多々あった。こうすると眠りが浅くなってしまう。きっと毛穴を晒しているからだ。余計なものがわたしに入り込み、保持しなければならないものが流出しているのだろう。

新しいAirPods Proが届くまで一週間程度かかるのだと、朝にギリギリまで家のWi-Fiを使って記事で読んで知ったが、コロナ禍の影響か、実際の配送状況のページでは三週間前後かかるとのことだった。ワイヤレスイヤフォンは高価なので、やすやすと代替用を購入するわけにもいかなかった。かといって他の手段を使って、工夫して音楽を聴こうとも思えなかった。ただ決して音に対して鈍麻《どんま》しているわけではなく、むしろ周囲の雑音にどんどん敏感になっているような気がする。

再来週末、無料iDeCoリモート説明会を支店独自で開催することになり、その資料作成を担当することになった。同時に、元一般職の同僚や上司たちがパワーポイント資料を作成できないということを知った。Microsoft Officeを使えて、重大な顧客を抱えていない、という理由で任されてしまった。すこし上から同世代の同僚達がOfficeを使えずに学生時代の卒業論文やレポートを提出できたわけがないのだが、急な企画に反抗する体力があるなら仕事を終わらせてしまうほうが早かった。

ＰＣに向かってキーボードを叩いていると、三浦さんに呼び出された。窓口へ向かうと、先日のペッパー君もどきが番号札をくしゃくしゃに握ってソファに座っていた。ペッパー君もどきをパーティションで仕切られた半個室へ案内すると、握り潰した番号札をブルゾンのポケットに押し込んでから、先日渡した積立ＮＩＳＡの資料をテーブルに広げた。これやりたいんだけどどうすればいいの、と背中を丸めたペッパー君もどきは上目づかいでこちらを窺った。一度席を外してデスクに戻り、資料をまとめたフォルダをデスクから取って小走りで半個室に向かう。パーティションの中では、ペッパー君もどきに三浦さんが紙コップに注がれた緑茶を差し出して雑談をしていた。そのまま三浦さんはパーティションの奥に座り、わたしは手前の席に座った。

ＮＩＳＡ営業用フォルダは三浦さんが独自に作ったもので、通常と積立の違いが明記されている銀行発行のパンフレットや、各投資信託商品の説明書や約款《やっかん》、口座開設申込用紙などが、細かくインデックス分けされていた。対面営業のときは一ページ目のパンフレットから取り出して、その順に説明を始めれば円滑に進むようにできている。三浦さんはここまで細やかで気遣いのある仕組みを作ることができるのに、どうしてパワーポイントが使えないのか、使えるようになろうと思わないのか、わたしには理解ができなかった。

フォルダの順にパンフレットをペッパー君もどきの前に広げて説明を始めると、そんなこと知ってる、と彼は呟いた。そしてペッパー君もどきは顔を上げて、「これ、この前渡されたものと同じだろ。読んだよ。きみ、おれのことバカだと思ってる？」と付け足す。

「とんでもない、とんでもないですよ！　ご存じのこともなぞっちゃってごめんなさい。お客様にとって少しでも、ほんの、一ミリ、一ミクロンでも、わからないことを残したまま、ねぇ、こちらがガー！　ワー！　っと進めてしまうのは絶対絶対避けないと、ねぇ、いけないことだと思うんです。そういうやり方のひとって、正直、弊行にもうほんと、たくさんいるんですけれど、わたしは個人的にそういう、なんていうんですかね、一方的な、売りつけるーっていうやり方はちょっと、どうかと。今日お話聞いてやっぱりやめます、っていうのもお客様のご意思ですから。それに、今日今すぐどれか商品を買ってください、決めてください、っていうのも。とりあえず口座だけ開設されて、もし気になる商品などが出てきたらで問題ありませんし、我々もサポート致します。繰り返しになりますけど、我々がいい、と思っても、お客様がえ？　んー？　って、ねぇ、思われたら、全然全然遠慮無くお断りなさってください。結果がどうあれ、納得、そう、納得していただくのが、ねぇ、一番なんですほんとうに」

わたしを置き去りに口が先行して喋り出し、わたしはそれに合わせて動く。不自然で高圧的じゃなかったか。絶対とか、ほんとうにとかを繰り返せば繰り返すほど嘘っぽくなっていないだろうか。そもそも何がどこから嘘なのだろうか。でも気持ちがよかった。不安が次々と浮かんできたが、視線を落としたペッパー君もどきは、ごめんごめん悪かった、きみ、いい子だね、と微笑んだ。安心してこちらを信用したようにも、怯えているようにも見える。

説明を終えて口座開設申し込み用紙と備え付けのボールペンを差し出すと、ペッパー君もどきはわたしの催促に従ってペンを取り、記名を始めた。ようやくわたしがわたし自身の言葉に追いついて、笑っていた頰の筋肉が痙攣《けいれん》し始める。隣に座った三浦さんがわたしの太ももを突き、親指を立てて、やったね、と唇をぱくぱく動かした。頷き返してから、ペッパー君もどきの、毛髪が薄く、皮脂で光っている頭頂部を見つめた。

耳を塞ぐものがないので、この二日間はコンビニ等のどこにも寄らず速やかに出社し、昼食は社食を利用していた。今日はわかめうどんにした。ふやけた薄いわかめと、伸びてこしのないうどんの食感だけが口に響いている。味は紙のように平たい。七味をふりかけても、点々と辛味が漂っているだけで奥行きは生まれなかった。

社食でも私用スマホは使用を禁止されており、支給されたメモリの少ない古いAndroidスマートフォンのみが使えた。うどんを食《は》みながらあまり使用し慣れていないそれで「耳栓　普段使い」と検索すると、ほとんどイヤフォンのような高級耳栓がいくつもヒットした。ライブハウス用のイヤープラグも持っていなかったので、選びきれないほど種類があり、こんなにも耳栓にニーズがあることに圧倒されていると、斜め前の席に、トレーが乱暴に置かれる。林だった。なんで電話無視するんだよ、と軽い調子でありながら、林はこちらの様子を窺うように訊いてきた。

「イヤフォン無くしちゃって、片方だけ今取り寄せてる状態だから」

「無くても電話自体はできるじゃん」

えっほんとだ。バカかよ。いや、でも、電車とか買い物とかしてたら取れないし。今までも取ってなかっただろ。そうだけど。

林はAirPodsの片方だけでも通話をする方法の記事を見つけて、指紋で汚れた、支給された Android スマートフォンを差し向けて、わたしに読ませようとする。わたしの使っているものは上位機種だから、なにか勝手が異なるのではないかと伝えようとしたが、やめた。何から話せば端的になるのか、考える労力を彼に割きたくなかった。

七味が喉に引っかかり、小さく噎《む》せると、林は大げさに上体を反《そ》らせて唾の飛来を避けた。そしてお前いっつもそのうどんじゃない？　と言って彼はポケットティッシュを差し出してきた。まったくそんなことはないはずだ。けれど反論できるほど普段の昼食を記憶していない。ただし AirPods Pro を無くす前は、コンビニで買ったものを食べていたはずだった。涙を拭いながら、そんなことないけど、と言うと、そんなことない、ことないよ？　と林は眉をぐっと上げて首を傾げた。断固として林は、わたしの普段の昼食にわかめうどん以外を認めなかった。

そういえば、と、午前中のペッパー君もどきの話をすると、林は眉を上げて目を見開いて、よかったじゃん！　と笑った。嫌味やわざとらしさはなく、わたしの業績を心底喜んでいるように見えた。

「でも、大変だった。終わったあとどっと疲れた。他人を騙してるみたいでしんどいよ」

「これはおれの持論だけど」林が鼻を鳴らした。「金融商品って触れられないだろ？触れられないものに対して冷静でいられない奴らって、一定数いて、そいつらがおれたちの客なんだよ。逆に言うと、そうじゃない奴をいくら追いかけたって逃げられるからやめとけ。まぁ、そのジジイ超絶いい客じゃん。別に、おれたちは詐欺じゃなくて仕事をしているんだし、どんどん売っとけ。てか、これすごくね？」彼は再びAndroidの画面をわたしに見せてきた。他行で希望退職者の募集が始まったというネット記事、そしてそれに対してのコメントがびっしりと画面に埋まっている。未来がない、死んでゆく業界だもんな。終わりの始まり。しゃーない。ざまあみろ。怖いから預金下ろしてきたわ。ここの窓口態度悪かった。他人の金に群がる金食い虫の駆除開始。

膿んだ言葉が噴出した画面を覗き込み、林はべっとりとした笑顔を顔に塗りたくっていた。ま、お前はここにしがみつかなくても印税で食えるからいいよな、と林がわたしに囁《ささや》く。そして、聞こえちゃまずかったかな、と、かえって周囲に秘密を振りまくように彼は笑った。副業禁止だったが、かといって黙認されるほどわたしは重要なポストでもなく、無関心ゆえに放任されているだけだった。

夕方ごろに、真子ちゃんからフレンドコードが送られてきた。帰宅して、ＳＷＩＴＣＨを起動してから欄に数字を入力して申請が通り、真子ちゃんのＳＷＩＴＣＨアカウントが登録される。まだわたしの島の整備が完了していないので、こちらから真子ちゃんの「あまなっ島《とう》」へ向かうことになった。家具や花やフルーツで持ってないものや欲しいものがあればなんでも言ってください、と事前に言われた。最低限のストーリークリアはあるものの、それ以上のルールはないという、自由度の高い作品のはずなのに、持っていないものを虱潰《しらみつぶ》しに無くしてゆかなくてはならない、というローカルルールが生まれていた。真子ちゃんもそれに従順で、わたしの無いものを無くそうとしている。

こちらを出迎えた真子ちゃんのアバターは、ウェーブがかかった薄紫色の髪で、瓶底眼鏡をかけ、「Ｈｏｉ！」と印字された空色のＴシャツと黒いスウェットパンツを穿いていた。極力自分に似せようと作ったわたしに対して、あまりにも実像に寄せていない、むしろ離した造形なので、そのプレイヤーはほんとうに真子ちゃんなのか、わたしが信用するかしないかにかかってしまう。

招待されたあまなっ島は厳密に区画整理されており、舗装や外観もそのエリアごとにテーマが統一されている。手前は噴水広場、ビーチの近くには海の家があり、役所、博物館、商店、服屋などの施設を抜けると、鉄橋と川で仕切られた住宅街、右脇には誰も遊んでいない公園、左脇には果樹園や花畑、奥上段には竹林があり、その中でも中国風と日本風で分かれている。日本風は露天風呂があり、おそらく脱衣所を想定して作られたスペースなど、真子ちゃんの島はわたしのそれより広く感じられるほど、整地や配置が細やかに設定されている。彼女のあの雑然とした部屋の気配は、島のデータのどこにもなかった。

リアクションボタンで自分のアバターに拍手をさせてみる。しばらくすると真子ちゃんのアバターが照れたようなモーションをした。Rボタンを押すと、銀行ATMのかな入力のようなチャット画面が表示された。【ねえ】と送信すると、真子ちゃんのアバターが振り返って【はい】とだけ返す。指で触れるのではなくカーソルで操作するので、会話と文字入力のスピードが合わずもどかしい。【へんなこときくよ】

【こわい】

【とうさつされてた?】

しばらく、真子ちゃんのアバターが考え込む素振りを見せる。BGMが鳴って、風の音がやたらと近くで鳴っていた。プレゼント付き風船が近くに飛んでいるのかもしれない。画面の端に鶏の島民がやってきて、切り株に座って空を仰いでいた。

【なんで】【しってるですか】

【しらべた】

【いまじむしよと】【はなしてます】【ごめんなさい】

【あやまることない】

おもむろに真子ちゃんのアバターが走り出した。わたしは彼女の後ろを走り出す。果樹園の中に入り込み、土の上に咲いた色とりどりの花を踏み散らしながら、真子ちゃんは走り続けて、わたしは追い続けた。木を揺らして、さくらんぼや蜜柑、桃、林檎を落として、住宅街へ戻り、エクササイズや雑談をする動物たちをすり抜けながら、自作の公園の前まで来た。真子ちゃんのアバターが口を開けて大笑いした。【どした】とわたしは問いかけるが、真子ちゃんのアバターは笑っていた。しばらくして一方的に通信が切断された。

資料を作り終えたときには、定時を三十分ほど過ぎていた。デスクから立ち上がると残業中の他のひとたちがわたしを下から睨めつけてきた。その粘度のある視線を振り払いながら、ロッカールームに逃げ込む。エアコンが切れており、蒸された重たい空気が部屋の中に滞留していた。冷房スイッチを押してからiPhoneSE2の機内モードを切ると、ライブハウス支援配信ライブオファーの追伸メールが来ていた。あのまま放置して何にも返してなかったことを思い出して、呼吸が浅くなる。

From：U-MA
To：園田レイカ
題名：【追記：ライブハウス支援配信ライブ出演依頼】
お世話になっております。お元気でしょうか。
あれから一週間、お返事いただいていません。もし迷惑メールに入っており気づかなかった、ということなら下記は無視していただきたいのですが、この企画と、園田さんに知ってほしい僕の熱量を伝えたいと思います。
まず、ライブハウス支援。不要不急だなんて言われた、音楽やライブハウスという空間、ひいては文化娯楽を、僕たちが守らずして誰が守るのでしょうか。そしてこれは不要不急に命を救われた僕たちによる復讐でもあります。誤解されたくないんですけど、政治的思想ではなく、音楽を守りたいだけなんです。灯火を消してはいけない。こんな未曾有の状況でも、音楽や言葉を紡ぐこと。それが僕たちにできる使命じゃありませんか？

あなたにお声がけしたのは、同じシグナルΣ作曲家として、年始にお会いしたときに、あぁこのひとは僕の言うことを「わかる」ひとだな、と感じたからです。正直、直感です。でも同時に、危なっかしいな、どっちにも転びそうだな、とも思いました。あなたは「ジルコニアの制服」作曲という実績があり、同世代の作曲家たちに比べたら頭ひとつ抜けた経歴です。でも、僕はアルバムやカップリング含めたらシグナルΣには五曲提供してますし、他にも男性グループも、韓国系の編曲もやってるんです。まだ未解禁情報ですけれど、アニソンも決まりました。

言ってる意味わかりますよね？

気にしているだろうからこんなこと言いたくなかったけれど、あなたはシンガーソングライターとしてはメジャー落ちしているという事実があります。これはなかったことにできません。シンガーソングライターということは、作家本業の僕よりも、ライブハウスの恩恵を受けてきたはずですよね？　ならどうして恩返しをしないんでしょうか？

それに、僕はこれだけやってるからまぁ専業なんですけど、あなたの曲数だと失礼ですけど専業ではないですよね？　どんな仕事をなさっているかは知りませんけれど、二足の草鞋《わらじ》って、要は甘えですよね？　どっちにもなりたくない。賭けたくない。そんな生半可な気持ちで音楽やってんじゃねえよ。女性とはいえ、血反吐吐くようなどん底味わってないなら天辺行けませんからね。割と本気っす。

いくらあなたが「わかる」側の人間でも、まだ二十代なので、業界の先輩として伝えておきますね。こういう小さな仕事を大事にしない人間は、どんなに風が吹いてうまくいったとしても、肝心なところで足掬われます。そういうひと、僕いっぱい見てきました。あなたはそうであってほしくない。熱量を忘れないでください。すべては熱量と恩返し。これは僕からの最後の忠告です。あとはあなたのご自由です。

流れるようにメールを削除しそうになった。宛名からアドレスをコピーし、迷惑メールリストに登録した。U－MAという名前を検索して、SNSで顔の映っている写真を見てみても、やはり見覚えがなかった。彼は紫色に髪を染めている。こんなに特徴的な外見をしていたら、いくらなんでも忘れないように思う。

ひとりでは受け流せないほどの執着の侵襲を受けながら、真子ちゃんに会いたいと願った。握手会や評価に慣れた彼女だったら、どんなふうにこれを一蹴するのか訊いてみたかった。負担に思わせるかもしれないと逡巡しながら彼女とのトークルームを開いたが、やはりこの状況をどう説明すればよいか、どこからおかしくなっていたのか、フリックする指が止まった。すべてを理解してほしいのではなくて、わたしもこの男と同じように、ただ捌《は》け口を求め始めているのかもしれない。他に何の理由があるのだろう。真子ちゃんにこのメールを消したり、この男を罰する力など備わっていない。心情をただ彼女に吐露してわたしは身軽になりたいだけだろう。そうだろう？　手近な相手が偶然彼女だったけれど、ひょっとしたら誰でもいいのかもしれない。わたしがロッカーの前でiPhoneSE2を握りしめて立ち尽くしていると、真子ちゃんから【迷惑をかけてしまって、本当にごめんなさい】とメッセージが来た。

＊

画面の中にプロジェクターに照らされた三浦さんと林が映り込むよう、Surfaceをセットしたスタンドの高さを調節する。画面内に資料を直接表示させるか、プロジェクターで映しプレゼンしている様子をカメラで撮影するのか、三浦さんはどっちがいいと思うー？　とカメラの向こうからわたしに尋ねてきた。もう一台の社用Surfaceでルームにアクセスすると、少し離れた三浦さんの声を端末が拾いきっていないので、資料データを会議アプリで表示しながらのほうがいいと意見した。そうかなー、プロジェクターのほうがやりやすいけどなー、慣れてるし、ねぇ、プロジェクター、いいよねぇ、と三浦さんは繰り返して、わたしの意見を却下しないものの、やわらかく撥ね返して拒絶する。安いＵＳＢマイクでも繋げばもう少し聞き取りやすくなるのではないかと対策案が過ったものの、なんだかんだで話すひとがやりやすいのが一番ですよ！　と林が言って、プロジェクターを使用し、マイクはSurface内蔵のそれに頼る方法での説明会に決まった。

通しでリハーサルを行い、終了したときには二十時を回っていた。明日そのまま使えるように、と配置を動かさないよう、Surfaceの充電コードを挿したり、電源位置の最終確認をしたりしていると、林が「てかナントカカントカっていうアイドルの万引き事件やばくないですか？」と切り出した。はあ、ナントカカントカ？　と、三浦さんは捨てるように言った。頼まれてもいないのにどこからか芸能人の不倫ゴシップを自分から拾ってきては怒っている印象だったので、三浦さんにとっては断罪すべき重大な事件ではないようだった。

「ほんとに、グループ名のリズムがナントカカントカっていう感じなんですよ。てかすげー万引き常習犯みたいで、やっぱ、そういうことするひとって、言葉悪いんですけど、あんまり育ち、いいわけじゃないですよね。顔かわいかったけど」

わたしの作曲活動は知っていたが、シグナルΣというグループのことまで把握しているのか、林はわたしのほうへ視線を何度かよこしながら、社用スマホで記事を検索し始めると、撤収終わってからにして、ねぇ？　と三浦さんが断った。一刻も早くひとりになりたかったので、わたしは位置だけ確認してロッカールームに向かった。

前触れもなく真子ちゃんから謝罪されたあと、真子ちゃんがコンビニで万引きを繰り返していたため、彼女の無期限活動休止と新曲発売の延期が決まったという記事が、SNSのトレンドに躍り出ていた。記事には盗撮写真だけではなく、別の日に撮影されただろう、違う服装の写真も数枚掲載されていた。真子ちゃんは緊急事態宣言中から窃盗を繰り返していて、更に以前より同グループのメンバーたちが楽屋泥棒に悩んでいたというラジオでの発言が引用され、それらも彼女の仕業《しわざ》ではないかと示唆する内容だった。真子ちゃんは既に自宅謹慎中だと、所属事務所の発表は手短でそっけないものだった。そのせいか、それとも増え続ける感染者の数字ばかりで話題が尽きかけていたからか、この一件は今日の昼間のワイドショーでも取り上げられ、彼女の顔と名前も知らなかったひとたちが彼女を推測のままに語り、わたしやファンの知らない、真子ちゃんと同姓同名の歪《いびつ》な人間がほんの一日、二日のうちに生まれ育ち、そして絶命しかかっていた。

通用口の前で三浦さんと林からその後食事に誘われたが、今夜の金曜ロードショーは『借りぐらしのアリエッティ』だから、という理由で断った。自分でも無理を感じていたが、やはり三浦さんから、ははぁ、と怪訝《けげん》な表情で返答された。こんなふうに吐き捨てられる言葉を遮断するための耳栓やイヤフォンが欲しいのに、まだ新しいそれが届かない。

最寄り駅のロータリーを抜け、商店街を横に帰宅していると、バッグの底から着信音が鳴った。iPhoneSE2を取り出すと、真子ちゃんからのＬＩＮＥ電話だった。さして意味もないのに、わたしは周囲を見回した。正面からこちらに歩いてくる中学生くらいの制服を着たショートヘアの女の子とその母親らしき女性以外、こちらの会話を聞き取れるほど近距離まで迫れるひとはいないと判断した。マスクを顎まで下げ、歩きながら通話ボタンをタップして、端末を耳に当てる。こうやって端末や受話器に吹き込むように電話をしなくなったのはいつからだろう。声が飛び散らないように、空いている左手を口許にかざす。

「玲香さん、今外でしたか？　後で、にしますね」

　無料アプリで音質があまりよくないのか、声がいつもと違って聞こえた。

「ううん、今で大丈夫。もう帰ってる途中だから」そのあとに続けて、真子ちゃんにかけるのに最適な言葉がすぐに見つからず、なんとか「大変だったね」と振り絞った。

「いや、大変なのはわたし以外のひと、みんなです。ご迷惑をかけてしまって、ごめんなさい。本当に、ごめんなさい」

「いい、いいよ。どうしたの？」

「返したいものがあるんです」

「何か貸したっけ？」

「盗んでいました。だから、ぜんぶお返しします。ごめんなさい」

絶句しながら鼻や口から吐き出されるわたしの息が、ゴオオオゴオオオとiPhoneSE2

のマイクにかかっている。ぜんぶと言うのだから、複数あるのだろう。けれど直近の紛失物はAirPods Proのほかに思い出せない。いくつもの何かを真子ちゃんに奪い取られていたのに、疑わないどころか無くしたことにも気づかなかった。

「ああ、でも、わたしに会いたくなかったら、郵送にします。とにかく、どんな方法でもいいので返させてください。謹慎になったので、わたしずっと家にいますから。玲香さんのご都合でお願いします」

「じゃあ今から行ってもいい？」

しばらく無音が続き、もちろんです、とだけ返ってきた。職場から向かうので三、四十分後くらいに着く、と伝え電話を切ると、林から**【あの餃子屋の予約、永遠に埋まってて草】**とメッセージが来ていた。

予告通り約三十分後に真子ちゃんのマンションの前に着いた。彼女のことは刺激的に取り上げられていたので、マスコミやファンが来ているのではないかと身構えたが、目視できる限りではそれらしきひとはいなかった。指示された部屋番号のボタンを押しインターフォンを鳴らすと、しばらくして強化ガラス自動ドアが開く。**【入り口すぐのソファで待っててもらえませんか？】**とメッセージが来たので、指示通りに一人用ソファに腰掛ける。尻から体がどこまでも沈んでゆきそうだった。

SNSのタイムラインを繰り返し更新していると、バレンシアガのバケットハットを被った、子持ちししゃものようなふくらはぎの女の子が向かいのソファに座って、目が合った。濃いグレーのウレタンマスクをしていて顔はよく見えなかったが、真子ちゃんにしては脚が太い気がしたのでiPhoneSE2に視線を戻すと「あの、わたしです」と、真子ちゃんの声がした。彼女に連れられてエレベーターを上り、あの部屋に向かう。体つきも身なりも、よく見たらまぶたの形はそんな角度の曲線だったか怪しい。太りやすいとかむくみやすいとか、体質は星の数ほどあるけれど、人間の体はこんなにも急激に脂肪や水分で膨らむことができるのか信じがたかった。部屋に入って「顔グロくてごめんなさい」と言いながらマスクを外した女の子の顔下半分は、真子ちゃんの一・五倍ほど腫れ上がっていて、ところどころに紫や黄色い痣《あざ》が広がっている。鼻には血が赤黒く固まったガーゼと肌色のテープが貼り付けられていた。頬や口周りが腫れて硬直しているためうまく発声できないのか、声が前よりも籠もって、嗄《しゃが》れている。怪我をしたのか、暴行を受けたのか、それとも美容整形か、訊いていいのか迷ったので、こちらからは触れないことにした。

冷蔵庫の上には、傾いた大きなスチーム機能付き電子レンジではなく、一七リットルほどの真新しい単機能のそれが置いてあった。キッチンと廊下に雪崩《なだれ》を起こしていた無数の食器洗い用スポンジはすっかり消失していた。キッチン下に収納しきれるのかわからない量だったので、すべて捨てたのかもしれない。物が投げ置かれていた部屋のローテーブルには、化粧品を買ったときのものなのか、イヴ・サンローランの小さな紙袋と、テレビリモコンが端に置いてあった。

促されるまま、白いソファに腰掛けた。ピザを食べたときと同じ、やっぱりどこのメーカーかわからない五〇〇ミリリットルペットボトルのお茶を出されて、やっと言葉以外で、真子ちゃんらしさを見つけられたと思った。ひどく安堵した。真子ちゃんは「あの、先にちゃんとお返ししたいので。これ、この袋に入ってるのが、お返しするものです」と言いながら、イヴ・サンローランの紙袋をわたしの方へ寄せた。入っていたのは、期間限定の土色のリップクリーム、文字が熱で飛んで判読できないレシート、五円玉、銀行ロゴの入ったボールペン、左耳用のAirPods Proだった。無くしたと気づいてすらいなかったものや、わざわざ返してくれなくてもいいものもあった。これらはわたしの生活から新陳代謝されてしまった垢だ。結局捨ててしまう。

「リップクリーム、もし使ったならあげるよ。あの、潔癖ってわけじゃないけど、こだわりがあって買ったものでもなかったから」

「いや、先生に、返せるものはぜんぶ返しなさいって、言われています」

「先生？」

「カウンセリングの先生です。一週間に一回を全部で五回だから、だいたい、一ヶ月ちょっと、カウンセリングを受けることになっているんです。この前、二回目行きました」

「カウンセリングってどんなことするの？」

しまったと思ったが、真子ちゃんは厚く膨張したまぶたを閉じて考え込んでしまい、今さら質問を取り消すことはできなかった。「んー、今週は何回盗みたいって思った？とか、どんなときに、どんなものを見てそう思う？　とか、欲しいっていうのを、もうちょっと細かく説明してみる、とか。わたしは、あるべき姿のためにやってしまうんですけど」わたしが何も言わないからか、真子ちゃんは慌てて、硬直した頬で舌っ足らずなまま喋り続ける。

「あるべき姿に直すっていうか、わたしを元に戻すっていうか。わたし、三年くらい前に、親知らず全部と八重歯の後ろの歯も抜いて、矯正して、輪郭を直したんです。あと、まぶたも二重に直しました。でも、わたしより働いていなかったり、ぶくぶくだらしなく太ってたり、何も直さないままでいる子が平気で存在していて、なんかいいものを持ってるのって、すごく気持ち悪くて、不自然なことだって感じるんです。位置がおかしいっていうか。それがあるべき場所は絶対わたしのところだから、直さなきゃっていう」

口を噤《つぐ》み唇を結ぶように閉じて、わたしは頷き続けた。そうするしかなかった。痛々しいので無理して喋らないでほしいし、喋らせないようにあまり質問すべきではなかったけれど、彼女の告白を遮りたくなかった。それは最も暴力的な選択だ。真子ちゃんは青白く湿った瞳で、ぼんやりと一点を見つめていた。

「玲香さんのイヤフォンも最初はそう思っていました。でもこれ、単純に欲しかったというか、結局物欲が抑えられないことの言い訳なんですよね。あるべき姿なんてない。わかってるんですけどね。まだ、ときどきぐわーっと急に直したくなります。ほんと、やばい。笑っちゃうくらいやばい」

表情にならないものの、真子ちゃんは静かに笑っているのだろう。真子ちゃんの言っていることはあまりよく理解できなかったけれど、わからないまま受け入れられると思った。真子ちゃんは話を続けた。春くらいから食べたものを吐く癖がついていて、間もなく手の吐きダコが目立つようになったので、喉に閊《つか》えて吐きづらいチーズを食べるようにしたら、みるみる太ってしまった。でも、これが自分なのだ。これからほんとうのわたしを、自力で作るんです。返したり直したりではなく。誰からも、何も盗まないで。ひとりで、と。

「それとは別に、毎日日記みたいな、これをした、何を捨てた、ってことも報告しています」

見せてくれたiPhoneの画面は、以前のように割れていなかったし、鼻の穴のような背面カメラに変わっていた。それ買い替えたの？　と見ればわかるようなことを訊いても、真子ちゃんはしっかり「そうなんですーもう、今までボロボロすぎでした、画面バキフォンだった」と、会話を続けてくれた。

「ほら、こんなに。我ながらすごいなって思うんです」

保護シートの貼られた艶々の画面には、文字が整然と並べられたメッセージの吹き出しが、どこまでもどこまでも続いてゆく。真子ちゃんが自画自賛する通り、淡々とした一日の出来事が綿密にメモされていて、高濃度な真子ちゃんの一日がそのトークルームの一本の柱のように立っていた。今まで話してきた真子ちゃんとは、口調も文体もまったく異なっている。きっとこれがほんとうの真子ちゃんの語り口なのだろうと直観してしまった。どうしてわたしにこれを送ってくれないのだろうと思う。沈黙にたじろがないようにするから、こんなふうに打ち明けてほしかった。そう思いながらすごいいね、と強く頷いた。

帰るのはひとりでいいし、AirPods Pro も新品を取り寄せてしまっていると断ったけれど、真子ちゃんは再びグレーのウレタンマスクとバレンシアガのバケットハットを目深《まぶか》に被り、エントランスまで降りて、わたしに盗んだものを詰め込んだ紙袋の持ち手を握らせた。全身が分厚くなった真子ちゃんの手だけは薄く冷たいままだった。また会おうねと手を振り合っているうちに、ガラスの自動ドアが閉まって、真子ちゃんは踵《きびす》を返した。わたしはまっすぐに暗闇を通り抜けてゆく。

三週間が経ち、シグナルΣの新曲のタイトルがＭＶと共に公開され「スタンド・アローン」という題名がトレンドのランキングをたちまち駆け上った。ＭＶは夜の繁華街で撮影されたもので、感染症対策への一家言、時事を下敷きにしたコンセプト、そもそもライティングが悪くメンバーたちの顔色が悪く見えることなど、映像と共に始まった楽曲プロモーションそのものが、適度に不愉快でちょうどいい世間のサンドバッグになっていた。情報解禁や公開に気づいたのはいつも通りロッカールームだったが、そこでは堪《こら》えて、帰宅してPCとヘッドフォンで楽曲を聴いた。アレンジはあれからアコースティックギター、エレキギター二本、ピアノソロ、ストリングス、シンセ、たくさん上物をのせて賑やかだったけれど、ユニゾンの声が埋もれかけていて、いくら集中しても真子ちゃんを聴き取ることができない。公開されたMVのシーンが切り替わるたび、一時停止をして真子ちゃんを探した。どこにもいなかった。真子ちゃんがいるはずだった立ち位置には、昔の真子ちゃんと顔のよく似た女の子がいて、彼女が「みーたん」なのだとYouTubeのコメント欄の文脈から推測できた。

みーたんはまだ加入からたった半年ほどしか経っていなかったそうだが、その間に子どものようなやわらかい頬を、真子ちゃんのようにシャープにさせていた。写真の中の表情はもちろん、話し方、耳に髪をかける手つきも真子ちゃんを連想させた。というよりも、そのポジションにいると、誰でも真子ちゃんやみーたんのようになるのかもしれなかった。色分けされた戦隊ものや美少女作品のように、配置と役目に嵌め込まれていたのだと思う。真子ちゃんはそのポジションをみーたんに奪われてしまった。グループの中にはもうきっと、真子ちゃんの立つ場所はどこにも残されていないのだろう。

コメント欄には、真子ちゃんのことを待っているという応援コメントもあれば、真子ちゃんはグループの面汚しだとか、精神病も感染するのでメンバーと近づけるなとか、なぜいまだに通報や削除されていないのか疑問を抱くような暴言が、野放図にこすりつけられていた。真子ちゃんがこのコメントを読んでいないことを祈ることしかできなかった。

いくつか動画を観ていた。動物。YouTuber。アニメの切り抜き動画。ふと気づくと一時間が流れ去っていたので、夕食を作ろうとPCから一度離れた。軽い空腹感があったものの、何かを作ったり、外へ買いに行ったり食べに出たり、外から宅配員を家に呼びつけることも手間だった。インスタントラーメンのストックも切らしていたので、キッチンに常温で置いていたバナナを一本もいで、立ったまま食べた。皮はビニール袋に入れて口を縛り、冷蔵庫の中に入れた。可燃ごみの収集日まで虫を湧かせないためだ。

PCに戻ると、右端のサジェスト欄に「シグナルΣ新曲、パクリ⁉」という文字がサムネイルの中で目が痛くなってくるほど大きく表示されていた。タップすると、紫色の髪のＵ－ＭＡと名乗っていた男が、Cubase10 の画面を映したモニターの前で、早口言葉のようにコード進行の同じ曲を枚挙し始めた。こういった、ひと昔前のテレビ番組を模倣したような、効果音やテンポアップや文字の大きさでドーピングして観る側の何かを削いでゆく動画が苦手だったので、一気にシークバーを右に引っ張ると、作曲は、園田レイカさん、あぁ「ジルコニアの制服」も書いたひとですね、ぼく会ったことありますけど、パクったりするひとなんですね、はは、見えなかったけど、いやーひとって何しでかすかわかりませんね、構成やメロは凡庸なんだけど、売れちゃうんでしょうか、どうせ売れちゃうんでしょうね、はは、と男はまくし立てながら腕を組み、首を傾げ、鼻の頭を皮脂で光らせて、唇をアヒルのように突き出しながらニタニタ笑っていた。

どうしてもたったひとりだけで存在を完結できないという事実が幻痛のように噴き出す。両親から細胞や金銭や欲望や若さを盗み続けながら生まれ、育ち、世界から電流と、文字と、食事のための生命を、他者からは時間を奪わなくては自分の生命を維持できない。そして三浦さんからは顧客と営業時の口調を、林からは横柄さを盗み続けなくては、わたしは社会に自分の形を馴染ませることができない。誰かが発見したスケール中の音を繋いで決まった和音を当てているように、わたしは他者から分けてもらったり奪ったりしてきたものの組み合わせであり、それらの総体でしかない。
組み合わせのわたしは、そこから盗まれ続けてもいる。メロディから言葉を引き剝がされ、それでも生まれた楽曲をこんなふうに辱《はずかし》められて、三浦さんからは意見を、林からは気力を奪われている。回り回ってわたしたちは同じもので作られているのかもしれないけれど、たとえ盗んだり奪ったりしても、直接返してくれたのは真子ちゃんだけだった。

予約していた台湾料理屋には電灯が灯っていなかった。林は私用のAndroidスマホをベタベタと撫でて、わたしに予約完了のメールを見せ、二〇二〇年、九月、八日、十七時半、とふたりで予約日時を確かめた。店先には臨時休業の張り紙があって、その四文字と「申し訳ございません」以外は何も書かれていなかった。別にさ、休むこと自体は全然いいけどさ、それならそれで休むって連絡するだろ普通、理由ぐらいちゃんと書けって、納得させろよほんと……と林は張り紙に向かってなじっていた。しばらく近辺の飲食店をアプリで調べたが、あまり林が乗り気ではなかったので、近くの家系ラーメン屋に入った。林はさまざまな角度からラーメンを撮影し「糖との対話」というコメントとともにInstagramに投稿してから箸を手にした。始まりから終わりまで脂の臭みと塩の味しかせず、食事ではなく餌を食んでいるようだった。マスクをすると、中がにんにくの臭いで苦しくなった。

そのまま電車に乗って解散するかと思ったが、林は自分の最寄り駅で降りず、わたしの後をついてきた。どうして帰らないのかと訊いても、んーいや、と曖昧でふやけた返答しかしない。駅を降りてすぐのロータリーにあるコンビニに入り、林はストロングゼロ缶と五〇〇ミリリットル紙パックのジャスミンティーをカゴの中に入れた。わたしはデカビタの、期間限定増量ペットボトルを選んだ。まだ水筒を飲みきっていなかったので、お茶は買わなかった。レジ袋有料に舌打ちしながら、電子マネーで林が支払った。そのまま駅とわたしのマンションの間にある公園に行った。入り口そばにゴミの収集所があって、甘酸っぱすぎる腐敗臭が漂っていた。忘れた頃に嗅がされるこの生ゴミの臭いは、いったい何と何を一緒くたにして何日間どんな条件で放置したら発生するのだろう。わたしがよく座る、砂場の傍にあるベンチの周りに大学生くらいの青年四、五人が屯《たむろ》していて、彼らも酒を飲みながら、大きく笑ったり、まじ？　おあー！　と何かに体全体を使って驚いたりしていた。小学何年生の頃か思い出せないけれど、子どもの頃、商店街の路上販売で見た、ひとりでに飛んだり跳ねたりする紙のピエロ人形のようだった。もちろん実際に自律して動いているわけではなくて、細いテグスで操られていたらしいのだが、薄っぺらい体が縦横無尽にぴょんぴょん動くところがよく似ていた。断片的な記憶だったけれど林にそのピエロ人形のことを話した。林は見たことがなくて、わたしの言っていることや仕組みがまったく通じず、路上販売人も含めてわたしの夢だった、ということに落ち着かされた。

わたしたちは彼らの斜め向かいにある、もうひとつの空いているベンチに並んで座り、ふたりの間に袋を置いた。林はマスクを外してスラックスのポケットに入れ、さっさと袋からチューハイを取り出し、乾杯もせず早々に呷《あお》った。わたしもデカビタのペットボトルを体から離し、炭酸が吹き出ないよう慎重に蓋を回した。それでも気泡がせり上がって、少し溢れてしまった。

電話をかけ続けられることはあったけれど、こんなふうに家の近くまで来られたことは、今まではなかった。辺りの景色と自分がうまく嚙み合っていないような、収まりの悪さで呼吸が浅くなる。お構いなしに林はラーメン屋や電車の中での雑談の続きを始めた。次から次へと話が体を通過してゆく。ねえ、と彼の言葉を遮った。

「どうしてわたしにつきまとうの？」

へ？　と林は黄ばんだ眼球を剝き出した。「だから、何の用事があって、ここまで来たの？」噎せるように質問した。実際、呼吸のリズムを間違えて少し咳き込んだ。条件反射的に林は上体を反らしたが、すぐに姿勢を戻した。

「あのさ」そう言って、落ち着いたわたしの意識を引き寄せてから、林は鞄からスマートフォンより一回り小さなケースを取り出し、ＩＱＯＳを吸い始めた。ここ数ヶ月は飲み会がなかったので、林が喫煙しているのを見るのは久しぶりだった。おまえ今資格何があるんだよ。え？　資格。簿記二級。それだけ？　いや、ＦＰ三級と、生保一般と、あと外務員。どっち？　二種。おまえさあ、まじ、今まで他人のことだし、前まで一般職だったしまぁって思っていたけど、早く一種やれって。てかＦＰ二級ないのはほんとに論外だから。ほんとはもっと、損保募集とか、生保だって専門もなきゃおかしいんだよ。次の試験申し込んだ？　どれの？　ＦＰ。やろうとしていたけど、申し込み終わっちゃってた。あのな、もう、誰でもできる仕事やってたら死ぬの。食っていけないんじゃなくて、死ぬの。な？　作曲うまくいってるかもしれないけど、一生それで食える？

おれ印税とかそこらへん知らないけど、一括で家買える？　で、家買ったあとも人生続くだろ？　バカ共がさ、この世界のこと、体質古い、未来がない、死んでゆく業界って言ってるじゃんか、ちがうちがう。そういうこと言ってる奴らこそ死んでゆく存在なんだって。ニーズのある冠絶《かんぜつ》した人間はどんなところでも必要とされるんだよ。だから代わりがいない存在になるために研鑽しなきゃいけないんだよ。ほら、最近やたら三浦がイキり散らしてるけどさ、あんなのどうせエリア総合とかいう、所詮制度に依存してる、Office も Zoom も使えない絶望的に無能行き遅れババア救済措置なわけ。おまえその点、まじでまだ取り返しつくじゃん。あんなのに引きずられて暢気《のんき》に底辺まで落ちんなよ。な。おれなんか間違ってること言ってる？　正しいよな？　超絶正しいだろ？　てかさ、作曲家だって世間からしたらめずらしいけど、おれ、この前調べてみたらメチャクチャいるんだな。調べなきゃ知らなかったし、この先もおれは知ることのない人間がいっぱいいるんだと思ったよ。やっぱ業界なんて関係なくて、いろんなところで、そうやってゆっくり死に絶えてゆく人間がいっぱいいるんだと思う。おまえまでそうなってほしくないわけ。わかるよな？　おれ、どうでもいい人間にはこういうこと言わないから。どうでもよかったら、もう、無。無だよ。絶無。だけどおまえのこと、心配なんだよ。変な言い方するけれどさ、これっておれなりの愛なんだよ。やればできるのにやらない人間って知ってるから。こんなさ、ほんとうは言う側だってってしんどいよ。もう、身を切る思いで言ってんの。まじさ、ちゃんとやれよ。

「何を？」

全然伝わってないな〜と息を吐き出しながら一気に林が言い捨てた。その勢いで、唇の端に溜まっていた白く小さな泡がツッと飛んで弾けた。「これ以上説明しないとわからない？」いつも以上に演技がかって見えた。林の振舞いは、言葉や意味をしっかりと補強しながら、要点をぼかして解釈させようとする。そしてその正解は、社会全体の正解でもあるのだと疑わない。なぜそんなふうに世間と自分を融け合わすことができて、言外に漂わせた意味を早く正しく摑んで解釈しろと、他者に委ねられるのだろう。わたしはそうしているうちに、ふとした隙に、手放してはならないものを無くしてしまいそうで怖い。わたしをわたしたらしめる何かを誰にも奪われたくない。でも、守ろうとしているそれがわからないままでいる。

できる限り鋭くて重たい言葉で殴るように言い返してみたかったけれど、どれがいいのだろうと選んでいるうちに時が過ぎていた。首が痛くしびれてきて、自分がコの字になるまで深くうつむいていたことにようやく気づいて、顔を上げた。こちらを覗き込んでいた林と目が合うと「わかった?」とすっきりした表情で林が微笑みかけてきた。わたしは持っていたiPhoneSE2を地面に叩きつけた。大学生たちが一斉にこちらを向く。彼らの顔はまだ夏が終わったばかりなのに青白く見えた。林は細めていた目を見開いて、ベンチからつんのめってわたしのiPhoneSE2を拾い上げた。iPhoneSE2の画面に光が点ると、街灯で薄められた夜に林の顔が浮かぶ。うお、すごい、ヒビやばい! と茶化しながら、砂粒を払って、蜘蛛の巣が張ったような亀裂が走った画面のiPhoneSE2を手渡してきた。林の指は冷たく、わたしの左手よりもうんと厚く硬化して爬虫類のそれのようになった皮に覆われていた。iPhoneSE2は画面保護カバーを貼っていたのでガラス片が離散せずに済んだものの、亀裂からは液晶が滲出して、画面のところどころに小さな黒い液溜まりを作っていた。今まで見たなかで最も希望のない黒色だった。

「何何。どうしたんだよ。怖いことすんなって」

林はわたしに聞かせるようにザリザリと靴底で砂を擦り鳴らしながら、こちらの視線と合うまで背中を丸め屈んだ。光源の混ざった、ぼんやりと境目のない白い光が、林の頰を照らしていた。

「なんで林から、正しさを教えられなきゃいけないの。説明なんて頼んでない」

「は？」切り捨てるように林はそう言った。言うというより、吠えるに近いかもしれない。林が他者を拒絶するときの音だった。

「わたしを林の中のわたしに変形させようとしないで」

「言っている意味がわからない」

「わたしも林の言っている意味がわからない。理解はしているけど、同意していない。どうしてたったひとりでいられないの？　どうして当然のように、自分のことを無条件にかけがえのない存在だと思えるの？　わたしに受け入れられるって信じられるの？」

視線を上げた先に立っていた林は、まぶたも口も半開きで、コンセントが抜けてしまったかのように沈黙していた。憮然ともせず、悲しみもなく、何の感情も貼り付けていない林の素顔を見るのは初めてだった。わたしはベンチから立ち上がった。右肩にかけた鞄を左手で押さえながら、重心を低くして公園を駆け出す。粗い砂粒が巻き上がった。道に出ると、四センチの低いヒールがアスファルトにガッガッガッガッと削れて摩耗してゆく。地面を蹴るたびに足の甲が細いストラップに締め付けられて痛かった。大学生のうちのひとりが呟いた「やばい系？」という声が、妙にくっきりと形を持って耳に残った。

　根拠なく、林は追いかけてこないと確信していた。ただもしものために普段の帰宅経路を迂曲した。足はひたすらマンションに向かっていた。鞄にしまった水筒の中身がぼちゃぼちゃと間抜けに鳴っている。一度も振り返らずに、走る足を止めなかった。マンションの前についてオートロックを解除するときにやっと振り返った。誰もいなかった。エレベーターに乗り込み、閉ボタンを連打した。ドアはゆったりと閉まった。右手で握りしめたiPhoneSE2が痙攣する。林からの着信だった。なぜか電話を拒否する赤いボタンが表示されない。スライドして応答するか、後でかけ直すか、メッセージを送信するかの選択肢しか表示されなかった。掌の中で強烈に呻くiPhoneSE2を見下ろして、無視をし続けた。エレベーターが開くと、左右を見渡して早歩きで部屋の前にゆく。iPhoneSE2のバイブレーションが止まった。もう一度左右を確認して、鍵を鍵穴に挿し込む。三度も挿し損ねた。

　ドアを閉め、鍵をかけると、玄関にしゃがみこんだ。全身が脈打っている。わたし自身が心臓になったようだった。こめかみに噴き溜まった汗の粒が、耳元を通り、輪郭を撫でながら足元に落ちて冷たいコンクリートに染みを作った。部屋の中は日中の気温に蒸されている。わたしの体も熱気を放ち、それが服と脇腹の間に滞留しているのを感じる。顎まで下げたままだったマスクは、気づいたらなくなっていた。走っているうちに落としてしまったようだった。さっきまでいた外よりも純度の高い闇の中でiPhoneSE2のロックを外すと、傷だらけの画面がわたしを照らした。**【真子ちゃん。元気？　カウンセリングはどう？】**その先は自分が聞いてほしいことばかりが溢れて、指が迷って止まってしまう。それを言われて、真子ちゃんはどうすればいいのだろう。わたしは林や顧客やいろんなひとたちにされてきたことを真子ちゃんにしようとしている。暮らしている中で生まれてしまった澱《よど》みを、同じように真子ちゃんに吐き出そうとしている。誰がこの連関を止めるのだろう。

【真子ちゃん。元気？　カウンセリングはどう？　会いたいなーと思っている（照れたように頬を染めた顔の絵文字）（照れたように頬を染めた顔の絵文字）】

送信ボタンに触れた。画面のひび割れのせいで指圧を感知しなかった。ぐっぐっと親指を押し込めると、どんどん画面の中に黒い液が漏れてくる。それでも強く押せば送信できた。喉が張り付くほど渇いていた。立ち上がると、しゃがんでいる間に腹のあたりに籠もってしまった熱気が放たれた。玄関の電気をつけて、靴を脱いだ。

浅い眠りだった。目覚めてすぐ、iPhoneSE2の画面の修理に行かなくてはならない、という焦燥でえずいた。まだ指を感知しているけれど、おそらく故障は時間の問題だった。何より画面が見づらいので、このままいつまでも後回しにしておくわけにはいかない。修理交換自体は数時間で終わるらしい。それでも体が重かった。しばらくベッドの上で割れたままのiPhoneSE2に表示された検索欄に、真子ちゃんの名前を打ち込む。真子ちゃんはグループを脱退し「看過できない重大な契約違反」という理由で先月末に事務所を解雇されていたという記事が、昨夜真子ちゃんの直筆コメントとともに公開されていた。初めて見た真子ちゃんの字は、あの薄い手で書かれたものだと思えないほど筆圧が強く、達筆で、謝罪文というよりも檄文《げきぶん》のようだった。「看過できない重大な」までが昨夜トレンドワードに入っていたようだが、今は「台風発生」や、それに関する言葉がランキングを占めていた。

　検索上位に出てきたまとめサイトでは、記事や、記事外で語られている言説への反応が、よりグッドボタンの多いものは大きく赤字に、賛同を得られていないものは黒く小さくまとめられていた。炎上商法。コメントが直筆な時点でプロデューサーや事務所の演出が透けてみえる。かわいいけどガリガリすぎて抜けない。そうか？　おれは土下座してでもやりたい。字ヤバい。いっちゃってる奴のそれ。「コロナ禍」を「渦」って書いていているあたりやっぱバカ。まだ若いのに目、整形？　まこまこ楽屋泥棒してたらしいよ。筋金入りやんけ。生活に困窮してて万引きなどの犯罪に手を染めるひとの割合って実はそんなに多くなくて、クレプトマニアによる再犯が問題となっているらしい。この目つき完全に病気。こわすぎ。

あらゆる言葉と解釈によって真子ちゃんの一部が切り取られ、細かく分解され、すでに加工と再構築がされ始めていた。今すぐ、そんなことない、そうだよね？　と確かめたいけれど、それはわたしが納得したいからであって、真子ちゃんの原形を取り戻す行為ではなかった。それに昨夜送ったメッセージに既読すらついていない。おそらくずっと読まれないという冷たい確信が、質量を持って喉のあたりに詰まっていた。もしあれが美容整形だったら、今の真子ちゃんはどんな顔なのだろう。

インターフォンが責めるように鳴った。起き上がるしかなかった。今日も頑として横たわり、目と耳を塞ぎ、不快な音波をまったく遮断することができない。だからといって活動し始めてしまえばなんとかなる、わけではない。騙し騙しなんとかその瞬間をやり過ごしているだけで、体は決して軽くならない。インターフォンのテレビモニターを見ると、宅配業者がマンションの一階に立っていた。オートロックを解除して業者が上がってくる間、掃き出し窓を開けて外の様子を覗いた。もう昼過ぎになっていて、外は排気ガスや呼気に満ちている。制汗シートの刺々しいアルコール臭を纏わりつかせた宅配業者から段ボールの小包を受け取っている間に、林からメッセージが届いていた。液漏れで全文は読めなかったが、【昨日は遅くまで悪かった】と【おれは無条件に存在できると思ってない。だから、】という文だけ、黒い液や亀裂の隙間を縫って読むことができた。目を凝らしてそれ以上の彼の言葉を読む余力は残っていない。また横になったら二度と起き上がれなくなりそうだったので、洗顔し、スウェットから着替えて昨日着ていた服と一緒に洗濯機を回した。

段ボール箱には、取り寄せていた左耳用のAirPods Proが入っていた。再設定の煩わしさはなく、充電用ケースの中にセットすると、AirPods ProやiPhoneSE2同士が互いを読み込み合って、数秒ほどで同期が完了したことをあらわすイラストが表示された。試しにiPhoneSE2内に保存していたデモ音源の再生マークに触れると、すべらかに音楽が鳴り始めた。わたしは真子ちゃんから返却されたままテーブルに置きっぱなしにしていた、もうどの端末とも同期していない左耳用のAirPods Proを手に取って、耳の穴にねじ込んでみる。新しいイヤープラグから漏れ出した楽曲の高音部分、外を走り去ってゆくトラック、死にそびれた蟬の鳴き声、洗濯機の振動、反響、子どもの絶叫、エアコンの駆動音。それらをひとつひとつ抑えつけながら、鼓動がすぐそこまで迫ってきた。

凸撃

スカイプの着信に出ると、半裸で鋏を握っている少年が画面にあらわれた。彼は幼さがこびりついたままの素顔を隠さず、壁に制服のブレザーをひっかけた実家の部屋から、画面越しの俺に向かっておっさああんと叫んだ。

「さっきから配信聞いてたけどさあ」「何」「おまえさあ、ハゲてんだろ？」「はぁ」「顔出さないでさ、ネットで論破したとか言ってイキり散らかしてる時点で、ハゲかデブか救えない面《ツラ》の無職ゴミカスなんだろ。おおおおん？　卑怯者。卑怯者がよ。おいビビってんじゃねえぞ聞いてんのかよ、おい。カス。ボケ。顔出してみろって糞爺《くそじじい》殺すぞ。殺してやるからかかってこいよ」

少年のアカウントのネーム欄には「金キング」と、プロフィールには二〇〇三年十月十九日生まれの十六歳と記されていた。語呂合わせとは思えず、十月十九日に何があったかを検索してみる。紀元前二〇二年、ザマの戦いにてカルタゴ軍敗北。第二次ポエニ戦争終結、カルタゴは海外のほぼ全ての領土を喪失、地中海覇権はローマへ。一二一六年、失地王ジョン没。一七八一年、ヨークタウンの戦いでの英軍降伏。それによりアメリカ独立戦争の終結。一八一二年、仏・ナポレオン軍がモスクワから退却を開始。一九八七年、ブラックマンデー。ディスプレイモニターに列挙された出来事と少年の姿が結びつかず、登録された数字の配列の無垢さに言葉を失った。俺の沈黙に、金キングと名乗る少年は「おい」とか「聞こえてんのかバカ」とか音を投げ込み続けている。偽りなく顔も生年月日も晒している喧嘩凸主《とつぬし》が来たのは初めてだった。

「君、もしかして未成年？　絶対未成年だよね？　とにかく滅茶苦茶若いだろ。大丈夫か、こんなことして」

「うっせえ殺すぞ糞ボケ」彼の声が反響している。見たところ、金キングという少年はイヤフォン装着などのエコー対策を何もしていないようだった。ハウリングを起こされたら耳に悪いので、ミキサー機能付きオーディオインターフェースの出力つまみをやや左に回す。

「それ俺に言ってる？」「お前鼓膜腐ってんのか？　お前以外に誰がいんだよチンカス。

せまみちってハゲでデブで無職で人生終わってんだな」「わかった。さっきの、俺に言ったんだな？」「何回言わせんだよ脳も腐ってんのか、生きてて無駄だから早よ死ねって。つか殺したるわ今から」「何何、どうしたの君。超絶絶好調じゃん。飛ばすね」「うっせーマジ殺す。殺しまくる」「さっきから俺のこと殺す殺す言ってるけど、それって普通に脅迫だよな？」「しつけーな、わかれよ。頭に蛆虫湧きすぎなんだって」「脅迫なんだな。通報してやるから本名言えや」「神」「は？」「神だよ神、論破、論を破壊する、神」「論を破壊」「おう、神だからてめえの住所も本名も顔も余裕で特定できるわけ。わかってて言ってんのか糞蛆おおん?!」「神って二〇〇三年十月十九日生まれの十六歳なんだな。知らなかったよ」「あ?!」「だから、おまえ二〇〇三年十月十九日生まれの十六歳なんだろ？」「……ちげえし」「でもスカイプのプロフィールにそう書いてあるんだけど」

数秒のタイムラグのあと、金キングは握っていた鋏をこちらに投げつけた。身構えて、目を瞑ってしまった。鋏は激しく音を立てて画面から落ちていった。鶏が絞められたような叫び声がして通話が切れた。視聴者のコメントが積み重なってゆくのを目視して、時が正常通りに流れていることを確認する。

「何あれ、ちょっとさ、絶句しちゃったよ俺」やべ〜。神が来た……。本物はやめて。絶対中学生じゃん。高校生だろ。仕込みじゃなくてガチ？　特定班がんばれ。「いや、特定はやめろよ。それも犯罪になるんじゃないの？　ちがう？」なるでしょ。でも向こうから殺害予告してたからなぁ。「そういう場合って、あの、じゃあさ。俺が知らないひとから、いきなり殺すとか死ねとか、脅されたり中傷されたりするだろ。それに対して俺が同じように言い返したとするじゃん。殺すとか死ねとか特定するとか。それって正当防衛になるわけ？」わかんない。たしかに知りたい。正当防衛は物理的暴力だけで言葉の暴力には適用されない。「マジ？　マジだとしたら言葉の暴力って振るい放題じゃん」凸主の鏡。鑑な、中卒くん。大卒じゃボケカス。「あのさ、振るい放題って言った瞬間にコメ欄で喧嘩始めるなよ」Fランだろ。せまみちはエリート。まじ？　東大卒で留学経験のある外銀。陰気百倍ガイギンマン！「全部絶妙にちがうし。てか、その設定どこから出てきたんだよ」誹謗中傷は捕まるよ。NGワードを使わなければやり放題。せまみちは私大だぞ。でも留学はしてなかったっけ？　こんばんは〜〜〜！「語学研修な。留学ほどじゃないから。あ、てかさー俺、こういうことしたり言ったりする人間は絶対、絶対絶対信用しないっていう基準がいくつかあるんだよ。そのうちのひとつに、たった二週間や数ヶ月、それもなんかよくわからない島での英語研修のことを〈留学〉って言うことなんだけど」わかる！　わかりすぎる。「嘘じゃんあんなの。立派な経歴詐称なのになんでもっとあれは叩かれないわけ？」いるいるいる。陰気百倍ガイギンマン！　セブ島多いよね。陰気百倍ガイギンマン！　おもんないから黙れ。

滝のように流れてゆくコメントの中で、その都度視線が捉えた書き込みと会話し、二十三時頃に生配信を終えた。オーディオインターフェースのファンタム電源を切ると、ヘッドフォンの奥でツッと切断音が鳴った。ヘッドフォンを外し、ＰＣに繋げていたコード類もすべて外す。生配信用機材セットとしてまとめて売られていた安いコンデンサーマイク、マイクケーブル、ＵＳＢケーブル、ヘッドフォン。ひとつひとつオーディオインターフェースから引き抜いてゆく間、意識的に深呼吸をする。熱暴走で膨れ上がった脳味噌を冷却するイメージで空気を鼻からめいっぱい吸い込み、吐き出す。ケーブル類は紙袋にまとめ、ポップガードのついた卓上マイクスタンドとマイクとヘッドフォンをクローゼットの中にしまう。オーディオインターフェースと小型のスピーカーはそのままデスクに並べておく。

一連の儀式を終えても、しばらく文字が頭の中で躍る。ソファに横になって目を閉じても、まぶたの裏にコメントが流れていて、そのコメントに対する返答が止められない。何かを思考したり表現したりしているのではなく、言葉が乱反射してあちこちに拡がり、言葉が言葉を複製し、また複製された言葉が更なる複製を始める。まったく手に負えず、その反射や運動がエネルギーを失うまでひたすら待つことしかできない。

コロナ禍で支店や同期の飲み会が激減し、金曜や土曜の夜にもある程度の時間ができたので、週に二、三回ほどのペースで喧嘩凸待ち生配信をするようになった。生配信中はスカイプを常時オンライン状態にして、顔も本名も出自も知らない他人とただ口喧嘩をするだけだ。喧嘩の始まりはなんでもいい。声が不快だ。なんだか嫌い。目ざわり。むしろ煩雑な文脈の上で喧嘩すると、判断基準が正しいか間違いかになってしまう。そうではなく、勝ち負けだ。どれほど歯切れよく相手を論破したかに尽きる。だからこそのファックサイン、凸撃なのだ。

ほぼ毎日のように行っていた学生の頃に比べればまだ少ないものの、二週間に一度でもできれば御の字だったときより、ここ最近はペースも調子も取り戻せている。配信プラットフォームも、学生だった九年前よりもマネタイズの仕組みが整備され、視聴者数が格段に増えて、投げ銭が入り、アーカイヴ動画に広告がつき、他人の支離滅裂な言動や論理のパッチワークを破り割くだけで小銭稼ぎになった。とてもその収入を頼って暮らそうという気にはなれないが、家には寝に帰るか資格の勉強をするだけで溶けていった日々に、極彩色の罵詈《ばり》雑言が火花を散らして弾ける。それだけで充分だった。

頭の中は神経が焼き切れそうなほどかまびすしいのに、部屋にはエアコンの平たいホワイトノイズしか鳴っていない。雑音が足りない。左手に握っていたスマホで、支店の同僚のＬＩＮＥアカウントを呼び出す。アイコンには、普段ひとつに縛っている焦げ茶色の髪を解いた後ろ姿が映っている。以前は暇さえあれば彼女に電話をかけた。性的に惹かれたわけではなかった。あまりこちらに興味がなく、かと言ってまったくの空返事でもない、冷たく軽い紙粘土のような反応が心地よかったからだ。二週間ほど前、彼女とラーメン屋に行った帰りに公園で飲み、そのさなか唐突に会話を強く拒絶された。あれから職場では顔を合わせるものの、電話をしても出てくれなくなった。一度くらいやっておけばよかったと思いながら性器を握ってみるが、何度彼女の顔や声を想起して擦っても催さない。すればするほど萎んでゆく。しばらく続けると手の中の性器が無くなってしまい、驚いて飛び起きると朝だった。どこからが夢だったか、境目はわからない。

インターフォンが鳴り、資格試験勉強の手を止めて玄関のドアスコープを覗くと、智《と》華《も》《か》がスマホを耳に当てながら立っていた。何か話している。音を立てないようにそっと玄関を開けると、智華は、はい、はい、本当に、おっしゃる通りです、前野にはわたしから伝えます、申し訳ございません、と澄んだ声をスマホに吹き込みながら、背中をかがめて家に入ってくる。靴も脱がずそこで立ったまましばらく電話を続けた。智華が通話を切ったのを確認してから、来るなら直前でも連絡をしろ、と伝えた。彼女はため息を吐《つ》いてから、黒い艶々のパンプスを脱ぎ捨て、布製マスクを外し「最悪、蚊に刺された」と二の腕を掻きむしり始めた。痒い、腫れた、駅に着いたときは何にもなかったのに、と刺された二の腕を見せてきた。ポリエステルのキャミソールの脇に汗染みができていた。

「ムヒあるけど」

「あぁ～涼しい」

「マスク洗うから」

「ねー。今日、いつも言ってる猫撫で八重歯デブがやらかしてさ」

「猫撫で八重歯デブ」思わず吹き出すと、智華は「何笑ってんのぉ」とはしゃぐ。彼女の布製マスクを受け取り、ネットに入れてドラム式洗濯乾燥機に放り込んだ。

「あ、乾燥かけないでね。それ、すごく肌にいいコットン使ってるらしくて、すぐ縮んじゃうから。でさ？　その八重歯が送ったメール、ほんと義務教育受けた？　って感じで、先方の質問に答えられてなくてズレたことばっかりなのよ。なんて言えばいいのかな、1＋1は？　って訊かれているのに、BとかCとかって言っちゃう、みたいな。で、またあの一ミクロンもかわいくないきゅる顔で糞オヤジどもに媚《こび》売って、わたしが各所にメールやら電話やらに謝り倒す定番の流れでさ。今日何回申し訳ございませんって言ったかわかんない。途中、申し訳ございませんがゲシュタルト崩壊したわ。なんか。真面目にさ、資格の勉強したり、仕事の合間にパーソナルジム行ったりしてる自分、何なのだろうって思った。あの子だって別にそんな若くないよ、一個下だもん。そう、この前、部署のリモート飲みがあったんだけどさ。自分のしもぶくれ顔を『わたし、おもちなんで〜』って言ってて。やばくない？　二十七で自称、おもちだよ？　ヒトだろ。開き直ってないで痩せろ。でもなんか周りの奴ら、柔らかそー触りてー画面触っちゃったーとか言ってて。おもちはきゃあーわーって笑ってて。智華先輩は細くていいなー、でもまえのん……あ、おもち八重歯のあだ名ね。でもまえのんのほうが守りたくなる系じゃーん。えーそうですかー。は、一瞬にして地獄が出来上がったよね。何時代だよ。てか、柔らかそうな守られ系ほど図太い神経してると思わない?」

途中二度別れたものの、智華とは学生の頃から八年付き合っている。同級生や、きっと今の会社の人間、俺の両親にも人当たりがいいと気に入られているが、俺の前では他人や世間への愚痴を絶えず垂れ流している。むしろ人当たりのいい智華の姿を、俺はスムーズに思い出せなくなっている。

「中途半端なブスや馬鹿ほど、やれそうだから優しくされるんだよ」

ローテーブルに広げた宅建のテキストを閉じ、スマホの勉強アプリのストップウォッチを止めながらそう言ってやる。智華が俺のほうを見た。今日初めて視線が合った気がする。してほしい返事をされたときや、胸いっぱいに澱《よど》んでいるものの、口にするのは憚《はばか》られる単語を代わりに俺が言ったとき、智華は喜びでとろけないよう、いつにも増して口元を強張らせる。その表情を引き出すと、対戦ゲームで溜め技がクリティカルヒットしたような感覚がする。智華は火傷したように慌てて「そういえば」と、俺の部屋にいつの間にかストックしていたシートで化粧を落としながら、話題を変えた。

「ね、宏通《ひろみち》。中屋敷《なかやしき》さんっていたの覚えてる?」

三つ上で、広研の、と情報を後付けされる。三つも上だとほとんど被っていないし、大学の広告研究サークルは一年の夏で抜けたので、智華以外にサークル内の知り合いはいなかったが「なんとなく、うっすらだけど」と思い出す素振りを見せておいた。

「最近、先月ぐらいからかな。キモいLINEが来るんだよね」

「へぇ。どんなの?」「完全に下心が透けて見える感じ。『元気⁉ この日空いてる?』って、用件言わないの」「無視してブロックすればいいじゃん」「でも、先輩だよ?」「今仕事で関係あるの?」「ないけどさ。でも、なんか」「何何。見せてよ」「え?」「LINE」「いや、あるかなぁ。消したかも」「ブロックしてないんだろ?」「非表示にした」「表示しろよ」「んー、どれだろう。名前違うんだよね」「名前?」「表示される登録名」「でも非表示リスト全部見てみればわかるじゃん」「いや」「その先輩となんかあっただろ」「なんかって?」「やったとかやってないとか」

違うよ、とスマホを胸元で握りしめて智華が喰ってかかってきた。汗が、背中を指でなぞるように滑り落ちた。

「違う? やったかやってないかを訊かれて『違う』って何だよ。それもうほとんど認めたようなもんだろ」「いや、違うって」「あのさ。もう、正直に言えって。セックスしたんだろ？　その先輩と、俺に黙って。それで事態がややこしくなってるんだろ？　それかまた一発やらせろって、何、その先輩のこと俺全然憶えていないけど、かっこいいの？　顔のいい男に体求められて、満更でもない気分、困っちゃうーって感じ？　完全に穴扱いだけど」「違うの。三年、大学三年のとき、一回だけ、就活中に上司にうまく話できるかもって騙されたって感じなんだけど」「ほら、してるじゃん。やっと話繋がった」「繋がってない」「これで繋がってないならお前の論理って何なんだよ。さっきまで会社のブスを馬鹿にしてたけど、お前も言ってること滅茶苦茶なのわかってる？　てか俺の彼女穴扱いかよ。大絶賛絶望中」徐々に自分の声のボリュームがおかしくなって、頭の奥でハウリングしているような錯覚が起きる。「全然違うよ」「絶望しかできない。浮気されて、嘘まで吐《つ》かれて」「ねぇ話聞いてよ」「さっきからずっと聞いてるだろ」

智華の手からスマホを奪い、床に叩きつける。犬が腹を見せて降参するように、手帳型カバーがぱっくり開いた。決壊したように智華がどっと涙と洟《はな》を流しながら弁明を始める。化粧落とし用シートで拭き取った智華の素肌は、ダイニングの橙色照明の下だと黄土色に見える。写真の中では、茹で卵のようなのに。でも、まぁ、誰だってこんなもんだよな実際、俺だってそんなもんだろうし、と妙に自分を納得させようとしている。

「宏通と、最初に別れたときのことだし。てか、大学生だよ、世の中のことなんてわかってないじゃん。就活で焦ってて、は？　って思ってた、けど、内定ちらつかせられたら、そのときは、そういうことしなくちゃいけないのかなって、思ったんだよ。今はほんっと馬鹿だったなって、反省、というより、後悔、してるくらいだし。現に、こんなふうに連絡が来て、すごく、すごく、困ってる。やましかったら宏通に、言ってない。こんなこと宏通にしか言えない。だい、大好きなんだもん宏通のことっ」

しゃっくりのせいで不規則なリズムでまくし立てる智華の腕を引っ張り、ベッドに突き飛ばして、うつ伏せの腰の上に乗る。スラックスを脱がせようと下腹に手を突っ込むと、智華が自らそのホックを外し、ジッパーを下ろした。智華の性器を適当に指で穿ってから自分の性器をねじ込む。智華はしばらく無言でクッションを抱きかかえながら受け入れていたが、次第に腰を浮かせながら「出ちゃいそう」と言葉を漏らした。智華は慌ててこちらを振り返り、それを撤回した。

初めてそれを言われたあと、オーガズムの際に尿意を感じる女もいることをウェブの記事で知った。智華が行為中に「出ちゃいそう」と言うたびに、小学三年生の頃、クラスメイト達に女子トイレの個室に閉じ込められ、その中で排尿させられていたことを思い出す。最初に言い出したのはクラスで最も足の速い男子で、クラスの男子も女子も彼の言葉通りに動いた。トイレに連れ込む際、教師に気づかれないよう女子が俺を取り囲み、壁となって女子トイレまで連れていってその中に閉じ込めてきた。尿意がないと、昼休み終了を告げる予鈴が鳴るまで、丸出しにした性器をリーダー格の男子に観察されたこともあった。そのすべては伝えていないが、智華には嫌な思い出があるので「出る」とか「漏れる」とかそういった表現をするなと何度も頼んでいるのに、智華は毎回そう言ってしまう。名前も顔の詳細も思い出せないが俺の壁となった女子たちの頰と、智華の黒ずんだ臀部を重ねて叩く。ぼうん、と脂肪が重たく揺れる。そういえば、尻や腰の脂肪がなかなか落ちないと、姿見の前に立つとよくうだうだ言っている。ベッドにへばりついた体をひっくり返して仰向けにさせ、その上に乗り首を絞めたり、顔を殴ったり、髪を摑んで性器を喉まで咥えさせたりした。俺の壁となった女子たちも、今は智華と同じく裏返った蛙のようになっているのだろうか。そうなっていなくては赦《ゆる》せないし、なっていてもそれで何かが晴れやかに報われるわけではない。俺の射精は達成ではなく諦めだ。

トイレの一件がなくても、俺は中学受験をさせられて、都内の男子校に進学したので、奴らとは関係を切ることができた。通学は片道一時間弱かかる上、部活や予備校があったので、その小学校の人間たちと出くわすこともなかった。成人式で奴らと再会すると、元クラスメイト達が地元コミュニティからいなくなった俺のことをずっと「大尿神」と呼んでいたことを知った。大尿神はすげえよなぁ、俺たちみたいな糞凡人とは住む世界が違うんだよ、と、特注の派手な紋付きを孔雀のように着飾った男やその取り巻き達が、俺に惨めったらしい視線を送ってきた。そのあと、おそらくかつて「壁」になっていた女数人が、ほんとあいつら最低すぎ、と俺の肩を撫でてきた。智華が、褒めてほしくて会社の後輩を貶《けな》すときや、セックスのときに「出ちゃいそう」と言うときも、奴らと同じ目をする。こういう人間との関わりは、こちらがいくら心と言葉を尽くしても限界がある。あったのだ。それも何度も、毎回。だから潔く諦めて、組み伏せるほかに手段はない。

金キングが凸撃してきた生配信から二週間ほどが経った。彼は様々な凸主の生配信に出現しているらしく、更に自身のYouTubeチャンネルも開設し、迷惑凸主兼YouTuberとして界隈では名前が拡まっていた。金キングが来た俺の配信アーカイヴ動画の再生数も急激に伸びている。彼の年齢はもちろん、在籍中の高校名や、小武山海渡《こむやまかいと》という本名まで匿名掲示板に常駐する特定班に明かされていたが、当の本人は何食わぬ顔で生配信や凸撃をほぼ毎日繰り返していた。

炎上は放火によって起こされているのではなくて、常に火種はそこらじゅうに放置されている。風向きによって煽られて、いつ誰かがその煙に気づいて、どれほど薪を焼《く》べられるかだ。誰の視界にも入らなければ火種はひとりでに成長して、ひとりでに鎮まっている。金キングは自身が火種となって、方々を駆け巡り風を受けて、より大きく燃えようとしているようだった。周囲は彼を煽っているようで、彼に煽らされているようにも見えた。俺の生配信コメント欄にも、彼の本名や学校名、住所まで事細かに書き込まれるようになった。おそらく以前からの俺や彼のリスナーというより、荒らし目的の捨てアカウントだろう。

今日は出社日だった。昼休みに同僚の女に話しかけたが無視された。好意を抱いているわけではない女が勝手に思い上がって、もし俺をストーカーだと吹聴して回ったら、と不安が胸にべっとりとこびりつき、その憂さ晴らしに今夜は喧嘩凸待ちすることにした。誰も来なければ自ら凸しに行ってもいい。帰宅後、一時間だけ問題集を解き、コンビニで買った弁当を電子レンジで温めている間に、オーディオインターフェースとコンデンサーマイクをＰＣに接続し、スカイプとYouTubeLIVEを立ち上げて弁当を食いながら凸待ち配信を開始する。始まったばかりではあまり凸が来ないので、十分、十五分程度は視聴者のコメントとの会話や雑談をする。ここ数ヶ月で動画制作者や配信者は急増したが、他人と口喧嘩する凸主の数はその流れを受けていない。増えたのはオーディエンスばかりだった。

雑談の最中、スカイプの着信音が鳴る。金キングからだった。彼からの凸と知るとコメントが勢いづいて、視聴者数もとどまることなく増え始める。その急増によってデータの処理が遅くなり、画面が数秒固まった。ＰＣ本体のスペック不足なのか通信環境なのか、機材に詳しくないので判別がつかないが、リスナーの増加でこういったトラブルも頻発するようになってきた。一分足らずで遅延は収まったが、その間もスカイプの着信音は途切れなかった。通話を受けながら、スマホでルーターを検索する。高速通信となると、ゲーミング機器の情報ばかりが引っかかった。摩擦音がしてから「遅えんだよっ」と金キングががなる。前回と同じく半裸でいるが、今日は鋏のような武器は何も握っていない。インターフェースを介さずにPCに直接繋げた有線イヤフォンを片方だけ耳に装着している。何度か凸撃を繰り返しているうちに、エコーを指摘されたのだろう。二週間前よりも金キングがちょっとした知恵を得ていることに、羞恥に似た感情を催す。

「うるせえな。ちょっと黙れよ。今ルーター調べてるから」

「そんなもん後にしろや！　向き合え俺と！　そもそも作業するなら凸待ち切っとけやボケカス」

「お前が来たからコメントも視聴者も一気に増えて、読み込みが落ちたんだよ。お前を見に来る奴が多すぎる」

必死に眉間に皺を寄せてこちらを睨みつけていた金キングは、それを聞くとふっと表情が緩んだ。喜悦を隠すことができず、ふにゃふにゃと笑いそうになっては、ぐっと力強くこちらを睨み直して平静を保とうとする。やわらかそうな頰の動きで、まだ彼が十代なことを思い知らされる。

「喜ぶなよ。気持ち悪い」

「あ!?　ちげえし。当然の結果っていうか、読めてた、的な感じ？　俺の計画通りにこの有象無象たちが動いてくれるから」

「計画？」

訊かなければよかった、と思うと同時に、もっと喋ってくれと願う。今度は喜びを隠さず、金キングは高笑いした。

「いちいち説明しなきゃわかんねえの？　論破しまくって、有名になって、こじって、学校の糞共全員捲《まく》って、伝説になる。それ以外に何があるんだよ。頭使えやカス！」「こじるって何？」「そんな言葉も知らねえええのぉ⁉　お前やっぱ脳に蛆湧いてんだろ」「そんな汚い言葉知らなくても真っ当に生きてこられたからね」「これのどこが真っ当なんだよハゲ」「ハゲかどうかはわからないだろ糞ガキ」「じゃあとっとと顔出せや卑怯者。顔出ししてる俺のほうが真っ当だろうが」コメント欄に、こじる、というのはこじき行為をする、つまりスーパーチャットやクラウドファンディング、Amazonのほしい物リスト等、ファンから金銭や物品を貢がれて生活することだと説明が書き込まれた。

「えっとお前さ、今十六歳で、不登校で、絶望中卒ゴミ街道に絶賛入りかかってるわけでしょ？」

「違うよ。大学院生」

「あのな、二〇〇三年十月十九日生まれの十六歳じゃ、この国では大学院には入れないの」

「この国ってどの国だっつの」

「日本以外に何があるんだよ馬鹿かお前。あと神設定はどこいった？　忘れちゃった？ぶっちゃけ忘れてただろ、低脳だから」

「神で、大学院生なんだよ！」

「まぁいいや。もう話戻すけど、お前、まだそんな若いんだから、今から勉強し直すなり何なりしてとっとと人生軌道修正しろって。な。こうやってさ、ネットで上半身裸になって、虚言吐き散らしながら絶叫する暇があるんだろ？　その時間で英単語や公式のひとつやふたつ憶えて、少なくとも高校は卒業してさ、大学でも専門でも行けよ。何なら、頑張って本当に大学院行けばいいじゃん。まだ十六で何も知らないくせにネットにいる糞ニート共の妄言鵜呑みにして、自分の人生終わったって決めつけてさ、本当は諦めているからそうやって実家で発狂してるんだろ？」

それまで無駄に揺らしていた上体を止めて、金キングはディスプレイモニターをじっと見つめて黙った。コメントが流れる。正論。ツンデレすぎる。まぁ、逃げなければいくらでもやり直しできるよな実際。やさしい〜〜〜〜！　なにこの茶番。

しばらくして、金キングは唇を動かさず「うん……」と喉だけで呟いた。変声期を終え、やっと安定した、飲酒や喫煙によって摩耗していない声が響く。俺が彼に差し向けているものは、優しさというより、飼い主や親に捨てられ、怪我で目も見えず、細菌にも感染している犬猫に遭遇してしまったような、絶対的な弱者へ抱く憐れみのほうが適切な気がした。彼は頭をかきむしりながら「俺不登校なんだけど」と口を開いた。

「不登校なんだけど、不登校なのは、一年生のときに、ボスみたいな糞女がいて、そいつがなんか俺がキモい目で見てたって彼氏にちくって、彼氏に殴られるようになって」

「じゃあお前、実質女に虐められたわけ？　ギャハハ。超絶だっせえ。でも俺もあるわ」

「え？」

「小学生の頃だし、主犯格は男だったけど、女子トイレに閉じ込められて小便させられてた。実際に閉じ込めてきたのは女子だったから、そんな、ボコボコに殴ったり蹴ったりはなかったけど。とにかく俺、女とか、なんか足の速くて体力しか取り柄のない糞馬鹿な男の前で小便させられてたんだよ。てか、そいつ、主犯格、ホモだったんだと思うわ。絶対、絶対絶対絶対、そうだわ。俺のさ、まだちぃーさいチンコをもう、食い入るように、目ぇ血走らせながらグィーって見つめてさ。まじ、きめえだろ。しゃぶられてはなかったわ。まだフェラっていう行為を知らなかったのかもしれない。ほんとそいつ、ゴリゴリの馬鹿でよかった。お前ら、リスナーだよ。お前らもあるよな？　いや糞ホモにチンコガン見されたってことじゃなくて。相手が気絶しそうなくらい馬鹿だから助かったっていう経験」

話しながら、思い出す。第一志望で入った都内の中高一貫校は男子校だった。中等部で野球部に入ったばかりの頃、当時坊主にしていた俺は、練習終わりに埜田《のだ》という三年生にかわいい、かわいい、と囁《ささや》かれながら項《うなじ》を舐め回された。勃起してしまい、そのまま性器も舐められた。射精するまで、自分と同じように短く刈り込まれた埜田の頭を見つめていた。坊主はミリ単位だとすぐに伸びてしまうが、一センチを超えるといきなり発育が止まってしまったように感じる。このまま自分は、永遠に埜田と同じ坊主のままかもしれないと本気で恐れていた。坊主が強制だった野球部も、文武両道で心身強靭であれかしと、自身が得られなかったものを代わりに俺で叶えようとする両親や、学校内での自分自身の立場を守るために、やめるにやめられなかった。結局夏休みが終わるまで俺は坊主のまま週に最低二回はフェラチオされた。夏休み中の練習で筋肉がつき始めた俺の体が「男みたいでキモくなった」ので、埜田は俺から興味を失ったようだった。自分が性的暴力を受けてきたのは、男みたい、じゃなかったからだったのだと気づいた。

そもそも自分のされていたその何かに、性的暴力という言葉の額縁を得たとき、腥《なまぐさ》い泥濘から片足だけでも抜けられて、俺は苛虐を受けるのではなく、当事者ながらにその暴力を観賞できるようになった。ひるがえって言えば、そこから脱出しなくては、いつまでも未成熟な性器をねぶられ、排尿や射精している様子を凝視される日々なのだ。抜けて抜けて抜け出し続けなくては糞野郎共に搾取される一方だ。なのになぜこの半裸の少年はそれに甘んじていられるのだろう。己の弱さに従順な人間は、絶望的な敗者になったことがないか、そうである自覚ができないほど無知蒙昧なのだ。焼けるような惨めさに悶絶したことがないのだ。暴力に晒されたことがないのだ。胃痛がするまで何かを恨んだことがないのだ。

フゴゴゴゴと、金キングの呼吸音がヘッドフォンに溢れる。金キングはカメラに近づいて、こちらを凝視している。瞳を潤ませていた。

「女子にも見られた？」

「チンコ？　見られたに決まってるだろ」

「恥ずかしくなかった？」

「死にたかったよ」

「なんで死なないでいられたの？」

「復讐してやるって思っていたから」

復讐。金キングは呟いた。復讐、復讐か、と何度か反芻してから「何したの、どうやったの？　復讐」と訊いてきた。

何をやったのだろう。志望したところへの入学も就職も叶え、奴らが言った通り、住む世界を変えたはずだ。それでも、トイレの個室で性器に浴びせられたような視線に常時晒されているようだった。糞共をどれほど踏み躙《にじ》りながら卓絶の境地へ向かおうと、足許からあのぬかるんだ視線が湧き上がって、こちらを呑み込んでくる。

「そいつらより人生成功して、捲るしか無《ね》えんだよ。だからせめて高校くらいは卒業しろって言ってるんだ。そのままだとお前、永遠に猿チンパン扱いだよ。世の中にはさぁ、傷つくことなく、っていうか傷つけるだけで大人になれた奴もいるわけ。マジで。でも俺らはそうじゃないんだよ。俺らはスタートから既に終わっていたんだからさ、もうこれ以上負けちゃいけないんだよ。わかるか？」

　金キングとの通話を切り、しばらく雑談をして配信を終える。深く呼吸しながら、オーディオ周辺機器の接続を解体してゆく。また、頭がはちきれそうだった。ケーブル類をしまい、ＰＣデスクに常備しているタンブラーの水を飲み干した。それでも足りないのでキッチンに向かい、空のタンブラーに水道水を注いで飲んだ。カルキの臭いがする。

　スマホの通知が溜まっている。グループトークが十七件、智華からの着信が二件と【暇で電話しただけだから、掛け直さなくてもいいよ（滝のように涙を流す顔の絵文字）】というメッセージが来ていた。三時間半前の帰宅直後だった。【気づかなくてごめん！】と返し、もう一杯水を呷《あお》った。何を飲んでも、何かの代替物のように感じる。同僚やリアルの知り合い達に教えているほうの鍵アカウントでＳＮＳのタイムラインを遡って眺める。ベンチャー企業社長の、フォロー＆リツイートをした者の中から抽選で十人に百万円を振り込む、という趣旨のツイートをリツイートしていた学生時代の知り合いがいたので、フォローを外した。せまみち名義のアカウントに切り替え【今日の配信は熱かったな……】とツイートすると同時に、二十七個いいねがついた。リプライも折り重なる。せまみちさんの過去、思ったよりも壮絶でちょっとびっくりしました……！ひとの痛みがわかるせまみちさんだからこその言葉だったと思います（泣）。おやすみ〜〜〜〜！　こんにちは、初めて配信拝見しました。とてもつらい経験だったとお察ししますが、セクシャルマイノリティに対する差別的発言や蔑称は撤回すべきではないでしょうか。あなたを傷つけたのは「同性愛者」でも「男性」でもなく「加害者」なのです。今のあなたは性差別に加担しています。こちらのルームでは性的暴力元被害者が、加害側に回ることなく過去を克服する方法を模索するトークセッションを開いております（トークルームのＵＲＬが貼られている）。リトルせまみちってかわいかったんだな。ショタみち見せて。おやみち。おやすみ。

元被害者、という文字に捕まえられたような気がする、今まで意識から除外していた足枷が、鋭い音を立てて俺を引き留めるように。埜田のことまで話してしまっていたか記憶を巡らす。していないはずだ。元被害者。俺が何度脱出を繰り返して、強者――この糞リプライでいう「加害側」に立とうと、額縁の外へは出られないのだろうか。

地頭がいいから英検準二級の勉強始めた、と金キングが凸撃してきて英語検定準二級の問題集をカメラの前に広げた。学校には相変わらず通っていないようだったが、見せられたテキストはある程度書き込みがされているので、自宅学習はできているようだった。

「全然、俺、中学の頃からずっと引きこもって勉強してなかったんだけど、これ、なんの準備もしないでいきなり問題解いてみたら十点中七点だったわけ。やっぱり俺は、お前らみたいなくだらねー虫共とは作りが違うって確信した瞬間だったわ」

そう言って彼はタブレットを取り出し、画面を指で操作し始める。アルバイトも始めたのかと訊けば、Amazonのほしい物リストに載せたら、それを見た誰かが買ってくれたのだと言った。こじきは軽犯罪らしい、と指摘するコメントが流れたので「こじきは軽犯罪らしいけど」とほとんどそのまま復唱する。

「知らねえよ。俺が知らなければそんなの法律じゃねえから。てかそこらじゅう、ネットなんか大量にこじってる奴いるだろ。そいつらを先に全員捕まえてから俺んとこ来いや、ゴミ」

焦ったように金キングはまくし立て、カメラに向かって中指を立てて見せた。

金キングのチャンネル登録者数は日毎《ごと》増えるばかりで、先日七万人を超えたそうだった。この一ヶ月半で辺り構わず凸を繰り返して、その破綻した言動の動画は細かく切り取られ、彼の存在そのものがちょっとしたネットミームになり始めていた。俺も着実に十二万人まで増やしたが、学生の頃からのファンを含めた数字なので、今後もこのペースなら瞬く間に彼に追い越されるだろう。けれど不思議と悔しくなかった。金キングはタブレットに保存しておいた過去問の正解数をひとしきり自慢したあと、話題に飽きて切り出した。

「っていうか、お前、バイトしたことある？」

「当たり前だよ。学生の頃だけど」

「生活保護じゃないんだ」

「まぁ、けっこういろいろやったな、コンビニとか、塾講とか、ファミレスとか。試験監督もあったけど、あれはやめとけ。時間を金に換えたって感じがして、俺ほんとうにその晩、虚無感に押し潰されそうになった。適性のあるひともいるかもしれないけれど、俺はだめだった。向いていない」

「へー」金キングは顎を突き出して、俺を見下すような素振りをする。「俺、今コンビニのバイトしてて、勉強しながら働いてるんだよね」

「懐かしいな。何やってんの?」「何って仕事」「レジとか。俺とにかくフライやらされた」「あぁ、そういう意味。レジだよ」「レジか」「レジだけやっとけって言われて。てか、お前が揚げたチキンとかポテトとか絶対食べたくねえわ。ハゲがうつる」「ハゲハゲ言ってるけど、俺顔出ししてないんだからハゲているという根拠はないよな」「ハゲチキン食べたやつかわいそう」「俺、そこそこ上り詰めてバイトリーダーまでいったからな。金庫の鍵まで預けられて」「え、すごい……」「『すごい……』じゃねえだろ。そこはちゃんと突っかかれや。何のための凸生配信なんだよ」

ほっこりするな、とコメントが流れる。匿名掲示板にも、最近俺と金キングが馴れ合いやプロレス配信をしていると書き込みがされている。金キングは他のユーザーへの凸撃ではもっと暴れているのに、俺の元に来ると身の上話が始まる。バイトの話が終わると、次に金キングは、小学生の頃、学校の机にどうしても鼻糞を擦りつけてしまう癖が治らなかったことを打ち明けた。それを当時二十代前半の担任に知られ、ホームルーム中に、鼻糞を机に擦りつけてごめんなさいとクラスメイトに向かって謝らせられたらしい。自分の机だけにしかつけてなかったのになんでみんなに謝罪しなきゃいけなかったんだよ、と金キングは念を押して主張する。「ダメだろ、学校の器物に排泄物をつけちゃ」俺はそう笑ったが、でもそこまでしなくていいよな、と気が緩むと彼を擁護しそうになる。してもいいのだが、この愚鈍な少年はつけ上がってしまう気がした。

コメントの多くは金キングを嘲笑しているが、同時に彼を慰めるような言説も散見された。金キングは制裁手帳と名付けた生徒手帳に、当時の担任教員や、憶えているクラスメイトの名前を書き込んでいるらしく、それを読み上げようとすると「海渡～ごはん置いとくね～」と、おそらく中年女性の暢気《のんき》な声が響いた。

「おい！　今の母親⁉」「うるせえんだよ婆《ババ》ァ！」「母親に婆は無いだろ」「うるせえうるせえ！」「晩飯何？　海渡～見せろよ～」「黙れ！」「ちょっと海渡～⁉　ごはん、置いとくね～⁉」「うるっせえ糞婆！　わかったよぉ！」「ギャハハハ！　おい！『わかったよぉ！』だって！」「黙れって言ってんじゃん！」

笑いながら、唐突にこの画面の中の少年が、ほんとうに未成年なのだと思い知る。悪寒が走った。暗転したスマホの画面を覗くと、仕事から帰宅し、半袖のYシャツを着たままPCに向かってひとり汚い言葉をマイクに吹き込んでいる三十目前の男が映った。迫りくる何かから逃れるように、俺はシャツを脱いで、アンダーTシャツ一枚になる。

やけに舌が回る。

「でも、実家でお前が素っ裸でカメラに向かって絶叫していても、おいしいご飯作ってくれるんだから感謝しろよ」「うるせぇ！　死ね！」「感謝してさ、な、ほら、泣くなよ。泣かないで、いや泣いてもいいけど、飯ちゃんと食って、英検でもなんでも勉強して、合格して、バイトして、金貯めて、進学して、絶対お前自身の力で、お前を虐めた奴らをちゃんと捲るんだぞ」

うるせえと黙れを繰り返して、金キングはカメラの前で突っ伏した。がんばれ〜〜〜！　とコメントが流れると、堰を切ったように応援が続く。そうだ、頑張れ！　お前はやれる！　ごはんいっぱいお食べ（アルカイックスマイルを浮かべた顔の絵文字）。お前が成功してしあわせになることが最大の復讐なんだ！　これらのすべて、突っ伏している金キングには見えていない。芋虫のように身を捩りながら、黙れえええあああ！と彼は裂けてしまいそうに叫んだ。


土曜日の二十時から二時間ほど凸待ち配信の枠取り予約を入れたあとで、仕事終わりに家に来た智華から土曜日に外食しようよ、と誘われた。以前なら適当に飲み会を理由に断ることができたが、職場での飲み会は建前上まだ禁止されているので、ソファの上で「えー」と間延びした返事で濁していると、ベッドに寝そべっていた智華は立ち上がって俺の隣に来て、指紋で汚れたスマホをこちらに向け「どっちに行く？」と訊いてきた。俺が以前から気になっていると言っていた台湾料理屋と、三ヶ月に一度ほど予約して行く日本酒専門居酒屋のページを連続で見せてきた。

「ごめん、土曜は友達とリモート飲みかも。確定じゃないんだけど」

「じゃあ確定したら教えて。もしリスケになったら、台湾料理にしようね。こっち予約前日じゃ無理だから」

智華はスマホに指紋を擦りつけながら、ふたりで同期をしているカレンダーアプリに**【仮：ごはん（台湾？）】**と入力した。

ソファに並んで座り、しばらく俺は宅建の一問一答アプリを解いて、智華は登録しているSNSを眺めていると、風呂が沸いたことを知らせる音楽が流れた。「この曲ってなんていう名前だっけ、前言ってたやつ」「『人形の夢と目覚め』」「へー」智華は三歳から小学四年生までピアノ教室に通っていたが、今はまったく、一曲も弾けないらしい。

七年間も触っていたのに、弾けないことなどあるのだろうか。今まであの鍵盤に触れた回数は片手で数えられるほどしかない俺には、その「まったく」とか「ちょっと」とかの程度がわからなかった。ベッドサイドに絡まっている充電コードをスマホに挿すと、あのさ、と智華が切り出す。

「宏通って、YouTuberやってない？」

智華はスマホを操作して、俺と金キングの凸配信の切り抜き動画を再生する。切り抜き動画なんかの糞ネットイナゴに広告料落とすんじゃねえよ、とせり上がってきた文章を呑み込む。先週、俺が大尿神と呼ばれていた頃のことを話した部分が抜粋、編集されていた。後から自分の喧嘩凸を聞き直すこともあるとはいえ、いつまで経っても自分の声を客観的に聞くときは、あってはならないような乖離を感じる。

「これ、宏通じゃない？　ハンドルネームもせまみち、だし、声も似てる。っていうかほとんど同じだと思うんだけど」

「いや、違うよ」

「っていうか、わたしがいきそうなとき『出ちゃう』って言うと、すごく怒るじゃない、宏通。もしかしてこれが原因なの？　言ってくれればよかったのに」

「違うから」

「あと宏通って、よく『絶対』とか『超絶』とか『気絶』とか、『絶』って好きでしょ。意識してるのか無意識なのかわからないけれど、大学のときからよく言ってる。他にもいくつか見たんだけど、やっぱり絶絶言ってた」

——てか、そいつ、主犯格、ホモだったんだと思うわ。絶対、絶対絶対絶対、そうだわ。俺のさ、まだちぃーさいチンコをもう、食い入るように、目ぇ血走らせながらグィーって見つめてさ。まじ、きめえだろ。しゃぶられてはなかったわ。まだフェラってい う行為を知らなかったのかもしれない。ほんとそいつ、ゴリゴリの馬鹿でよかった——

智華はあからさまに眉をひそめる。俺がされたことではなく、きっと俺の表現に対してだろう。これ以上は堪《こら》えられない、と言わんばかりの表情で切り抜き動画の再生を止めた。

「わかった、趣味だよ。いいじゃん。法に触れてるわけじゃないし。これって俺は個人の領域だと思うんだけど」

「なんで教えてくれないの？」

「いちいちすべてを詳《つまび》らかに報告しなきゃいけないわけ？」

「でも、なんか、ヤバいじゃん……。わたし調べてみたんだけど、ネットで、知らないひとに対して馬鹿とか死ねとか言い合うってことだよね？　ちょっと、っていうかすごく不健全というか」

「質問の返しになってねーよ。それに、お前だって俺に仕事の愚痴垂れ流してるだろ？」

　視線を斜めに伏せていた智華がこちらを向く。今日はまだ化粧を落としていないが、さすがにこの時間にもなれば皮脂で化粧が崩れている。青みがかった唇の端に、限界まで膿の詰まった吹き出物ができている。激しく口を動かしたら破れてしまいそうなのに、智華はそれも気にせず怒鳴る。

「それは宏通だからで、他のひとには言ってないんだけど！」「それが迷惑なんだって。俺、リアルの知り合いの時間を奪ってまで愚痴言うこと、そうそうないけど。迷惑だって知ってるからな、お前が俺にやるおかげで。口喧嘩したい奴同士で馬鹿だ糞だ屑だ罵り合って、時間や金を費やしてでもそれを見たい奴らが絶倒しながら見ている」「だから怖いんだって！　ほんと、気持ち悪いの！　てか『ホモ』って。なんかもう、久しぶりに聞いた。言っていいことと悪いことの区別もつかないわけ？」「区別がつくから隠れてやっているんだけど。誰にも迷惑かけず、みんな、楽しんでいる。何が悪いんだよ」

「悪いっていうか……悪いんじゃなくて……なんか、嫌っていうか……少なくとも正しくない、みたいな……」「そもそもお前も、他人のことをデブとかブスとか言うだろ」『ブス』だけは言わないって決めているから」「俺に言わせているだろ」「いや……」

口ごもっていた智華は、夢が途切れて飛び起きたように、慌ててスマホを撫で、一枚の画像を見せた。俺のスマホの、同僚とのLINEのやりとりを撮影したものだった。

「あ、あとさ、この、よく電話してる立野玲香って誰」「同僚」「へぇ。ただの同僚とこんな頻繁に電話する？　嘘つかないでよ。ずーっと前から電話してたの、ずーっと前からわたし、知ってたんだよ。黙って見てたの。この前、宏通がわたしに浮気した浮気したって怒っていたけれど、こっちのほうが完全なる浮気だよね？」「完全なる浮気って何だよ」「わたしはちゃんと誰とも付き合っていないときだったけれど、宏通はわたしと付き合っているときに」「長い長い長い」「だからああ、この女と電話してるんだから、完全に、もう、浮気いいい！」「いやただの同僚だし、本当にそんな関係じゃない、誤解にも程があるだろ。てか勝手にスマホいじるって、俺にとっては人として最も軽蔑する行為なんだが」「見えちゃったんだから仕方なくない？」「見えちゃったって、どういうこと？　お前スマホのデータが、なぁ、いきなり文面が視界に飛び込んでくるような特殊体質なの？　すげえじゃん」「さっきから、その、見下した言い方、わたしが馬鹿だって言いたいわけ⁉」「ちょっと待てよ。じゃあさ、俺が寝てる間に指紋認証解除してたってわけ？」「聞いてよ！」「お前のこともう二度と信頼できない。一生。絶縁だろ。他の人間よりかはまともなのかなって思ってたけど」「言っとくけどあんたも他人のこと馬鹿にできるほど頭良くないから！」「話が飛んだり曲解しちゃったりする糞女よりかはましな作りしてると思うわ」

ヒューズが飛んだように智華が俯いた。智華は自分の思い通りにならない不快感の閾値を超えると、決まってそうやって泣き出す。大抵セックスに持ち込めば落ち着くので、いつも通り彼女の肩に触れると、ぐぎぃいいいやあああと智華は今まで聞いたことがない奇声を発しながらローテーブルを叩き、積まれていた宅建の教科書と問題集を一冊ずつ両手に持って殴りかかってきた。教科書の角が俺の手の甲を引っ掻いて、流星の軌跡のような傷が一筋走った。その隙間から血が玉を作り、弾けた。

痛みと共に、さっき俺は嘘を吐いたと自覚する。浮気を疑われた同僚の女についてだ。

智華が俺にするように、俺は栓をしても突き破って溢れ出てくる言葉を彼女に排泄していたのだ。ただしそれは特定の他者へ抱く高密度の私怨というより、恨み尽くしてからからになった灰のようなものだった。マグマのように内側から湧いて出てくるものではない。初めに奪われたものを取り返すために復讐する。復讐のために攻撃する。攻撃のために取り返す。目的と手段が循環して、それは共振へと変わる。俺の性欲は、何か尊ぶべき出来事への入り口ではなく、行き場のない暴発の引き金でしかない。智華の両腕を押さえると、彼女は地鳴りのような呻き声を上げ、それから「こんなに好きなんだから、ちょっとは好き返してよ。んぐうう」と、フローリングに蹲《うずくま》った。俺はこんなふうに体を投げ伏して祈ったことがないな、と手の甲に流れる血を眺めながら思う。

金曜日の朝、Twitter のダイレクトメッセージで金キングから相談を持ちかけられた。土曜日に配信枠を取っているからその前はどうかと提案したが、どうしても今日でなくてはならないと譲らないので、仕事が終わってからスカイプすることになった。昨日、智華は終電で自分の家に帰宅した。ちゃんと帰ったか確認のメッセージを送ったが、今日一日未読のままだった。

帰宅後、少し急いでコンデンサーマイクをオーディオインターフェースに接続し、タンブラーに水を注いで、準備を済ませてからスカイプに浮上した。金キングは既にオンライン状態になっていた。二十二時だった。ベルトを外し、彼の通話を取る。いつも通り、半裸で有線イヤフォンを片耳につけた少年が画面に現れる。

「もしもし」

あれ。あ？　聞こえねえ。マイク切れてんじゃねえの。早く入れろよ。

「ん？　絶対そんなことないけどな。マイクちゃんと挿してるけど」

早くしろって！　あーイラつく。これだからおっさんはさ。俺、こういう無能を待つの堪えられないんだよ！

何度マイクの接続を確認して話しかけても、聞こえないと金キングは繰り返す。原因はすぐに発覚した。ファンタム電源を入れ忘れていた。48Vと書かれたボタンを押すと、耳を塞いでいた密閉式ヘッドフォンの中が、ひとつの切れ目を入れられ、そこから果てしなく拓けたような聴感がした。

「聞こえる？」「聞こえた。遅えんだよ」「悪い悪い」しばらく沈黙が続き、あのさ、と金キングが口を開いた。

「これはガチの相談なんだけど。お前の名義で、もう一個俺のチャンネルを作り直してくれない？」

「はぁ？」

「それで、収益を俺に振り込んでくれよ。もちろん使用料は払うから。お前も得するからいいだろ。俺十七になったばっかだから、登録者数が何人増えても金にならないんだよ。知らないかもしれないけど、十八からじゃないと収益化できないわけ。理不尽だけど、そういうルールだからさ」

彼の言っていることがすぐには理解できず、更に二度同じ説明をさせると、煩わしそうに金キングは頭を掻きむしりながら続けた。

「もったいねえだろ！　あと一年でいくらの損失が出る？　俺そこそこ今いけてるのに、たった一、二年生まれたのが遅いってだけで、こんなのっておかしいじゃん！　こうするしかないんだって！　俺、囲いいっぱいできたけど、正直こんな頼みは、せまみちにしかできない！　こんなこと言えるのはお前しかいないんだよ！　こうして友達ができたの初めてなんだよ！」

「友達？　誰が？」

彼は顔を上げて、口を半分開けたまま「ええ？」ととぼけて、工事現場の転圧機のような音を鳴らしながら洟を啜った。

「友達って、俺？」

「俺たちって友達じゃなかったの？」

「友達だったの？」

「なんでも、心のうちを晒して相談してるじゃん、こうやって」

「一方的に相談しに来てるのはお前であって、俺はお前に心のうちなんて一度も晒してないけど」

「でも、虐められていたことも教えてくれたじゃん」

別ブラウザを開いて、YouTubeの配信開始ボタンをクリックした。すぐには人は集まらないが、チャンネル登録者たちに通知が届き、ぽつぽつとコメントが増えてゆく。シャツの中に、自分の皮膚が放つ熱気が溜まっている。俺はシャツのボタンを外し、上半身はインナーのTシャツ一枚、下半身はスラックスを膝の下まで下ろした。金キングは配信に気づかないまま続ける。

「もう俺、登録者数が七万人いるんだよ。七万人だぜ。そりゃまだお前のほうが多いけどさ、でも、七万のなぁ、下僕がいるんだよ。俺には。ほしい物リスト買ってくれる金ヅルもいる。俺、夢をひとつ叶えられたんだ。こじって生きるって。くだらねえけれど、それでも夢は夢だろ。お前と出会ってから夢が叶い始めたんだよ。一応、下僕共とは違って、認めてるよ。せまみちのこと。他の配信者とは違って、俺の言うこと聞いてくれたし……」

「お前は七万人と、あと俺からも面白がられているんだよ。わかるか？　七万人がお前の下僕なんじゃなくて、お前が七万人の下僕なんだよ。構われているんじゃなくて、笑われてるんだって」

渇いた喉のまま声を上げたので、小さな咳が出た。タンブラーの水を半分ほど飲んでから「ちょっと待て」と言い捨て、早足でキッチンへ向かう。途中、膝下まで下げていたスラックスと靴下を歩きながら脱ぎ捨て、冷蔵庫からエナジードリンクを一本取り出し、プルタブを開けながらデスクに戻る。金キングは俺の頼み通り待っていたというより、絶句して動けないでいたようだった。いつの間にか視聴者数は九千人にまで増えていた。平日の夜にしてはやや多いほうだと思ったが、今の金キングの話題性を踏まえるとその多寡の基準も違うのかもしれない。画面に映る少年の姿を視界に入れないよう、ディスプレイモニターの後ろの壁を見つめながら、冷罵《れいば》する。

「ごめん、そう。あのな、もうこの際はっきり言う。可哀想なお前で、な、俺やリスナーはいわば、オナニーしてるんだよ。あー俺、こんなチンパンじゃなくてよかったーって。お前みたいな、神も諦めるレベルの救いようのない低脳糞餓鬼が鋏ぶんぶん振り回して、な、ネットの世界で暴れ回っていて、そんな絶世の猿を目の当たりにすると、どうしようもなく安心するんだよ。下には下がいるって。人ってそういうもんなの。だからお前は人気なんだよ。わかるか？」

「でも、下僕共は俺に、がんばれーって貢いでくるけどね。俺に捲られそうで怖いんだろ、お前」

「そんなの、お前のためじゃなくて、良心の呵責を慰めるためなんだよ。社会の被害者だったはずの自分すらも、誰か、お前みたいな誰かを踏みつけて暮らしているっていう罪悪感を、な、お前に投げ銭したり、素敵な言葉をかけたりして雪《そそ》いでいるんだよ。寄附まがいの自慰にいつまでも喜んでるんじゃねえよアホ。親も、ごはんよー、じゃねえだろが。何やってるんだよ、どいつもこいつも」

「俺は英検、準二級、受けるんだよ！」

エナジードリンクに口をつける。人工的な甘さと炭酸で舌が痺れる。気づかないうちに、日々、どんな言葉ならばこの少年は更生するのだろうと考えてきた。なのに今かろうじて振り絞って出てきたのは「俺準二級なんて中三の頃に取ったよ」だった。解凍されてゆくように、だんだんと金キングが体を揺らし始めた。「おい、お前、てか。なぁ、配信してる？　え、してる？　おい。なんでだよ。裏切り者、裏切り者、卑怯者！」揺動は震動になる。金キングは引き出しから鋏とコンパスを取り出し、カメラに向かってそれらを投げつける。智華が、宅建の教科書と問題集で交互に殴りかかってきたように。「ずっと言ってきたけどさぁ、お前も顔を出せよ！　卑怯者、そもそも誰だよ、名乗れよ！　おい。言えよ、おおおい！　弱みを晒せよ！　自分ばかりそうやって！　俺のこと、笑って馬鹿にしてるけど、お前は俺よりも確実に屑チンカスなんだよ。俺は正々堂々生きているんだ、お前、お前らみたいな腐った嘘つき豚屑共と違って！」

向こうのディスプレイにぶつかって、床に転がった鋏とコンパスを拾いに金キングが屈むと、ぎぇえっと鳴き声を上げる。何か鋭利なものでも踏んでしまったのか、右足の裏を両手で押さえて顔を歪ませている。痛い、痛いと、顔を真っ赤にして、絵文字のように涙を湛えている。

「みんな復讐してやる。もうな、もう！　学校の奴らも、そこで見ているお前らも、みんなだよ！　みんなみんな全員、ギャリギャリにぶっ殺す！　俺をこんなのにしたのはお前らなんだよ。おい、草生やして気取ってんじゃねえぞ！　所詮お前らはなぁ、俺の糞モブ、愚かな有象無象の大衆のうちのほんの塵、ゴミ、金ヅルでしかないんだよわかってんのかっんああっ⁉　せまみち、お前は百億兆回ぶっ殺してやるから、早く名前と住所言えええええ！」

身を守る武器も言葉も持たず、丸裸で、血と糞に塗れて生まれてきた赤子のように、海渡は泣き喚いている。激昂した勢いで、おそらく彼のＰＣから有線イヤフォンが抜けて、絶叫が短時間で出入力を繰り返し、増幅する反響はやがてハウリングになり、意味を失う。

なぜ俺たちは脆弱さを剝《む》き出しにしたまま生まれてしまうのだろう。なぜあらゆることが復讐から始まるのだろう。欠落はどれほど他者を叩きのめせば補えるのだろう。持っていなかったものは獲得しなければならないと、最初に信じたのはいつだっただろう。何ひとつ排泄せずにいられたらいい。無力感のほとばしり。海渡はそれに堪えきれず暴れている。そうやって発散しなければ、風船のように乾いた音を立てて破裂して、彼の破片は散り散りにおかしな方向へ飛ばされてしまいそうだった。

椅子から立ち上がり、ディスプレイモニターを抱きしめた。筐体《きょうたい》に薄くかかっていた埃が舞う。立ち上がったときにマイクスタンドを倒してしまった。ハウリングの波が引いたところで、コンプレッサーをかけられたはずの鋭く重たい衝撃音が俺たちの耳を劈《つんざ》く。ああああるせえええああああと少年が金切り声を上げた。その悲鳴があまりにも澄んでいたので、俺の底に澱んでいたものが浄《きよ》められてゆくようだった。きっと向こうで、絵に描いたように見事な地団駄を踏んでいるに違いない。床を蹴る鈍い音が聞こえる。ロックバンドのドラマーが足で踏んでいるものではなく、ヒップホップのトラックに響いているような、こめかみを強く圧迫する重低音だ。俺はその音の名前を知らない。

胸の中でディスプレイが微かに放熱しているように感じる。ほんの微かにだが。こうして抱きしめている間なら、俺も少年も破裂しないでいられる気がした。

初出
「誰にも奪われたくない」　「文藝」２０２１年春季号
「凸撃」　「文藝」２０２１年夏季号

装画　北村英理
装丁　佐藤亜沙美（サトウサンカイ）

児玉雨子（こだま・あめこ）
作詞家、作家。1993年神奈川県生まれ。明治大学大学院文学研究科修士課程修了。アイドル、声優、テレビアニメ主題歌やキャラクターソングを中心に幅広く作詞提供。本作が初の著書。

誰《だれ》にも奪《うば》われたくない／凸撃《とつげき》

二〇二一年七月二〇日　初版印刷
二〇二一年七月三〇日　初版発行

著　者　児玉雨子
発行者　小野寺優
発行所　株式会社河出書房新社
〒一五一－〇〇五一
東京都渋谷区千駄ヶ谷二－三二－二
電話〇三－三四〇四－八六一一（編集）
〇三－三四〇四－一二〇一（営業）
https://www.kawade.co.jp/
組　版　KAWADE DTP WORKS
印　刷　モリモト印刷株式会社
製　本　加藤製本株式会社

Printed in Japan　ISBN978-4-309-02976-4

エラー

山下紘加

私は、私の底を知りたい。常人離れした容量の胃袋を持ち、大食い大会番組を四連覇中の一果。若く可愛く食べる姿が美しいクイーンとして人気を誇るが、思わぬ相手に敗北し――。

おもろい以外いらんねん

大前粟生

幼馴染の咲太と滝場、高校で転校してきたユウキの仲良し三人組。滝場とユウキはお笑いコンビ〈馬場リッチバルコニー〉を組み、27歳の今も活動中だが――。優しさの革命を起こす大躍進作。

ぬいぐるみとしゃべる人はやさしい

大前粟生

僕もみんなみたいに恋愛を楽しめたらいいのに。大学二年生の七森は〝男らしさ〟〝女らしさ〟のノリが苦手。こわがらせず、侵害せず、誰かと繋がれるのかな？　ポップで繊細な感性光る小説4篇。

推し、燃ゆ

宇佐見りん

逃避でも依存でもない、推しは私の背骨だ。アイドル上野真幸を〝解釈〟することに心血を注ぐあかり。ある日突然、推しが炎上し——。第164回芥川龍之介賞受賞作。